北极的星空下

高小英 著

中国华侨出版社
·北京·

图书在版编目（CIP）数据

北极的星空下 / 高小英著. —北京：中国华侨出版社, 2022.5（2024.4重印）

ISBN 978-7-5113-8776-9

Ⅰ.①北… Ⅱ.①高… Ⅲ.①游记—作品集—中国—当代 Ⅳ.①I267.4

中国版本图书馆CIP数据核字（2022）第058854号

●北极的星空下

著　　者：	高小英
责任编辑：	刘晓燕
经　　销：	新华书店
开　　本：	880毫米×1230毫米　1/32开　印张：6.125　字数：120千字
印　　刷：	三河市腾飞印务有限公司
版　　次：	2022年5月第1版
印　　次：	2024年4月第2次印刷
书　　号：	ISBN 978-7-5113-8776-9
定　　价：	49.00元

中国华侨出版社　北京市朝阳区西坝河东里77号楼底商5号　邮编：100028
发行部：（010）64443051　传　真：（010）64439708
网　址：www.oveaschin.com　E-mail：oveaschin@sina.com

如发现印装质量问题，影响阅读，请与印刷厂联系调换。

目录

第一章　巴塞罗那狂想曲

高迪，高迪！／1

生命的盛宴／7

数字游牧族的咖啡馆／12

老街暗穴／19

醉眼看世界／25

红酒是装在瓶子里的诗／31

第二章　波尔图之恋

失落的"魔法世界"／37

夜色温柔／44

光影之舞／49

偶遇情圣／54

只爱陌生人／63

Hi！克莱尔／69

吉普赛之魂／77

第三章　冬夜旅人手记

寻找极光之旅 / 84

北极光的召唤 / 90

夏之岛 / 95

北极光圆舞曲 / 102

第四章　星星居住的村庄

北极熊来了 / 110

"狐狸之火" / 117

北极风情画 / 124

蓝色的夜 / 131

第五章　一个冬天的童话

冬日之光 / 138

星星引路 / 144

铃儿响叮当 / 153

"低温之美" / 160

孤独的收集者 / 167

温柔之乡 / 177

雪天沐浴记 / 184

第一章 巴塞罗那狂想曲

高迪,高迪!

被伍迪·艾伦这个小老头的电影忽悠去旅行,对我来说可不是第一次了,伍迪·艾伦不愧是全世界文青的鼻祖,最了解文青情结的非他莫属——早年,他用电影给纽约写了好几部"情书":《安妮霍尔》《曼哈顿》《汉娜姐妹》……伍迪·艾伦尤其擅长用小雨来烘托气氛,那是他最爱的天气——20世纪初的巴黎街头,一对情人在雨中漫步,科尔·波特的背景音乐若有若无,这就是《午夜巴黎》——一个浪漫而奇幻的故事,非常"伍迪"的一部电影——如果不是因为我已经去过巴黎,恐怕看完就飞过去了。他的《爱在罗马》,我一口气看了三遍之后,当即买了机票飞到了意大利。

2015年7月,我看了伍迪·艾伦的《午夜巴塞罗那》——唯美的画面,撩动心弦的西班牙吉他,如梦如幻的高迪建筑,淡橘色的温暖光影,都让这部电影充满了神奇浪漫的色彩,伍迪·艾伦将这部作品称作他"献给巴塞罗那的情书"。拆开这封"情书"——片头那明快而阳光的"巴塞罗那"的音乐一响起,我就知道,我将再次沦陷。

电影描写的是美国姑娘维姬与好友克里斯蒂娜一起来到巴塞罗那度假。这座文化历史名城到处都洋溢着艺术的气息,地中海的温和气候让人心旷神怡,而最吸引人的,却是潜藏在这个城市中浪漫的激情,维姬把这次旅行视作婚前的度假,她已习惯了自己控制生活的节奏,找一位年轻有为的律师,做一个好太太,过上幸福美满平静的生活直至终老;而克里斯蒂娜却是一个追求刺激、任性率真的女孩,她的爱没有固定的目标,需要持续不断用新的体验来保持感情的活力,巴塞罗那明与暗的美恰恰满足了她们的不同需要——在这里,发生了一系列浪漫的故事。

其中有个镜头是,在一个潮湿温润的夏夜,维姬和西班牙艺术家胡安去看一场吉他表演,微风吹动着她的长发,月光下,一位音乐家在弹吉他——那声音优雅,纯净,凄美,琴声在夜色中静静流淌……

伍迪·艾伦的高明之处就在这里——巴塞罗那只是故事的背景,寥寥几笔,就把这个城市最诱人的地方展现出来。电影中,有一个人的名字被伍迪·艾伦频频提起——高迪,我只知道他不仅是西班牙,也是世界上最著名的建筑大师——有这样一句话:"到底是一个人,成就了一座城,还是一座城,成就了一个人,去巴塞罗那看了高迪的建筑就知道了。"

第一章　巴塞罗那狂想曲

2015年7月29日，我从挪威的卑尔根飞到巴塞罗那。

有伍迪·艾伦的电影打底，我对巴塞罗那机场已经非常熟悉，一路上都是一望无际的黄色沙地，看不出任何浪漫的征兆，这一点和《午夜巴塞罗那》电影里的开头有点相似，我记得从机场出来，在出租车上，维娅和克里斯蒂娜各自沉思的那个镜头，两个人都没有看窗外。

酒店离市中心不远，夜幕降临，我住的那条街安静得出奇，晚上九点不到，路上的行人已经稀稀落落，我有点失望，我想象中的巴塞罗那的夏夜应该像《午夜巴塞罗那》中的样子，树影摇曳，月光皎洁，勾人魂魄的吉他声从每个街角传来。可是，这些都没有出现，我走了半天，就看见几个坐在路边聊天的人，建筑也没有什么太惊艳的，街边的几家小店看上去也就普普通通。

走累了，我发现一家餐厅，店面不大，只有我一个客人，我在外面随便找了个位子坐了下来，凉风习习，一阵不可抗拒的疲倦正向我袭来，这一天，从卑尔根出发到现在，我都没有好好吃饭——到了西班牙，总得享受一下这里的美味，我想起《午夜巴塞罗那》的电影中，克里斯蒂娜手里永远端着一杯红酒，无论是在画廊，还是在晚上的小酒馆，或者是在和胡安调情的时候，那杯红酒从不离手。

于是我要了一杯红酒，为了保险起见，我请餐厅那个特别和气的女孩推荐了一款——桃乐丝红酒，这个酒的牌子就是再不懂红酒的人也听说过——我承认，我不是对红酒特别有研究的人，也没有太大的兴趣。据说，好的干红葡萄酒要有十五种味道——清新可人的酸味，轻微的土香；易入口，优雅，气味丰富，值得长时间去闻，还有，需要含有一种或几种的水果味道，以及适量的苦涩……

我也有一套自己的品酒标准，就是那种丝滑的感觉，喝了第一口，还想喝下一口，这就是好酒，比如现在这杯，一口红酒下去，昏昏欲睡的我突然来了精神，一种淡淡的香草味道冲入味蕾，柔和，温存，有点微微的苦涩，我全身的疲乏顿时消失得无影无踪。

很快，女孩端上来一盘伊比利火腿，还配了蒜蓉面包和青绿色的西班牙橄榄。

伊比利火腿，因为是我的至爱，所以我曾经做了一点研究——这种火腿的制作时间一般为2至3年，流程复杂漫长。猪到了八九十公斤后被宰杀，猪腿用高级海盐来腌（没有人工添加剂和化学成分），然后放进4摄氏度的冰箱内。12天后将海盐抹去，在接下来的3个月内把温度调高至20摄氏度。3个月之后猪腿被悬挂在储藏窖中继续进行腌制，时间长达两年。

腌好的火腿，肉色由粉红到深红，中间像大理石的纹理一样，夹着白色的脂肪，整块肉都会发亮，有点微咸，也带点硬度，令人回味无穷。几年前，我和我先生去了一次西班牙加那利群岛的丹娜丽芙岛——一个非常美丽的海滨小城，离我们酒店几步之遥就有一个小美食店，每天早上我都去准时报到，那里有

第一章　巴塞罗那狂想曲

刚出炉的新鲜面包，火腿被西班牙大妈细心地包装在白色的纸袋里，几片这样的火腿，加上一片面包，切几个西红柿，再煮两个鸡蛋，加上浓浓的咖啡——就是一顿美味的早餐了！

那是我第一次品尝伊比利火腿——我记得，火腿被切成非常细的薄片，鲜嫩欲滴，每片都近乎透明，吃的时候用手捏着，然后将整片火腿放入口中慢慢咀嚼，每次，我都像品尝巧克力一般，慢慢吸吮，细细品味，那种绵长绕口不绝的醇香，会在口中长久停留。

普鲁斯特曾在他的长篇小说《追忆似水年华》中这样说："气味和滋味却会在形销之后长期存在，即使人亡物毁，久远的往事了无陈迹，唯独气味和滋味虽说更脆弱却更有生命力；虽说更虚幻却更经久不散，更忠贞不贰，它们仍然对依稀往事寄托着回忆、期待和希望，它们以几乎无从辨认的蛛丝马迹，坚强不屈地支撑起整座回忆的巨厦。"

没想到，时隔多年，在巴塞罗那这个寂静无人的街边，一个毫不起眼的小店里，有点寒意的晚风中，我再次品尝了这种美味——它和记忆中的伊比利火腿有点不同，但是我又说不清是什么不一样了，难道时光，岁月，也会给我们记忆中的气味带来不同的感觉？

丹娜丽芙岛的那段时光就这样被这一片火腿的味道带来了，它是那么完整、清晰，仿佛一切都在昨天——我们开了一辆敞篷吉普车飞驰在岛上，无边无际的土壤，红得令人心悸，我曾在浪涛拍岸的海边留下自己的身影。

新年前夜，酒店宴会厅的落地窗外，一朵朵艳丽的烟花腾空而起，把整个夜空照亮，然后，灯光渐渐暗淡下来，身穿白色西装的西班牙乐队，正奏起《友谊地久天长》的音乐，穿着长裙的女士们被西装革履的男伴缓缓拥进舞池，我记得那一天，我穿的是一件白色的中式长裙。

这是我记忆中的西班牙，旧梦中的西班牙，而此刻，我又回到它的怀抱中了。

生命的盛宴

在一个陌生的城镇中独自醒来,是世界上最令人愉快的感受之一。

特别是在巴塞罗那这样一个城市,如果让我来说——此刻,坐在巴塞罗那的感恩街上,一家小小的露天咖啡馆里,看着在熹微的晨光中渐渐苏醒的城市,我突然哪也不想去了。一个人游弋久了,刚到了一个新地方,就会喜欢独坐一隅,静静观察,去发现那里的密码、颜色、性格。

巴塞罗那,因为伍迪·艾伦的那封"情书",印象已经先入为主,在我的想象中,它的颜色应该是大地色,这也是2015年那个夏天的流行色——《午夜巴塞罗那》那部影片中,两位女主角穿的是舒适的棉麻衣裙,淡绿、赭红、米黄,和巴塞罗那老街的土黄色配在一起,有种超越时空的迷人风情。

可是,展现在我眼前的却完全是另一个画风——林立的商铺,炫彩的橱窗,欧式风格的建筑,大片的绿色植物垂挂在半空,匆忙走过的人群,节奏明快的音乐,明艳的红裙子,李维斯鲜红的广告牌,女孩子走路生风的红球鞋,连坐在石凳上歇息的老太太都穿着一身明亮的柠檬黄裙子。

就在我的正前方，赫然耸立着吉吉·哈迪德代言的盖尔斯2015年春夏系列广告。她穿着一件艳丽的碎花连衣裙，带着她特有的那种睡不醒的神情。作为一个对时尚毫无兴趣的人，我对她却印象深刻——一个微胖、可爱、有个性的模特，让人过目不忘，令我又惊又喜的是，她的这个大广告牌离我的酒店不到一百米，无形中成了我在这个城市的坐标。

我当然没有忘记此行的目的——膜拜高迪的建筑作品。《午夜巴塞罗那》的电影旁白一直在重复着这个名字——"高迪"，女主人公维姬也是因为喜爱高迪的建筑来到了巴塞罗那——这是怎样一位建筑师呢？仅他一人，就有七项建筑设计作品被列为世界文化遗产！

喝过咖啡，我在街上拦住一个路人，询问高迪的"巴约之家"在哪里，被我拦住的是一个戴着墨镜的西班牙男生，表情似乎有点惊讶，好像我是站在长安街上问天安门在哪里。

"你认为，对于一个人来说，最重要的是什么？"他没头没脑地问我。

"头脑！"我毫不犹豫地回答。

戴墨镜的男生沉思片刻，脸上绽开一丝酷酷的笑容，点点头，简明扼要地给我指路，并没有责怪我不用谷歌地图，他说完，收起笑容，转身扬长而去——这是巴塞罗那给我的第一个惊喜的信号——即兴，幽默，快速，我喜欢的那种节奏。

我毫不费力地找到了"巴约之家"——在巴塞罗那蔚蓝色的

天际线下，它色彩斑斓，造型别致，海蓝色是这座建筑的主打色，五彩的玻璃，龙骨鱼身，七彩鳞片，曲面流线，进去之后，每个角落都充斥着深浅不一的蓝色，仿佛置身于蔚蓝色的海洋，可以听到海鸟的叫声和海螺的'呜呜'声。

"原来可以这样设计一座建筑！"我在心中惊呼。

"巴约之家"没有直线，所有的设计都是曲线，不仅楼梯的转角、窗棂、屋顶是抛物线形的，覆盖着闪亮的鱼鳞似的瓷砖。甚至连角落里的一把椅子——也是美丽的抛物线或者波浪形的曲线。高迪喜欢采用彩色瓷砖和石料，弯曲处理过的铁质材料，配上优雅的灯光照明，每一个细节都是一个奇迹，即使是最难设计的柱子，看上去就像人体骨骼的构架，精巧而有张力。每个细节都跳脱了普通人的既定思维，既没有重复手法，也没有规律可循，倒像是高迪的即兴创作，但是又有严谨的连续性，漫不经心中藏着设计师的缜密的思考，每个角落都展现出令人叹为观止的精妙美感，就连一盏吊灯都诡异而华丽。

即使像我这样一个完全不懂建筑的人，也被深深吸引，用眼睛品尝着这一席华美的盛宴。我沿着蜿蜒的木雕楼梯，从一楼爬到屋顶——这里，也设计得像花园一样美丽，弧形的拱顶让人仿佛进入了一条大鱼的肚子，天台上的烟囱造型各异，在我看来，烟囱是个有点土里土气的东西，可是在高迪手下，却变成了一幅抽象的立体画——屋顶的瓦片犹如长龙，异彩纷呈的彩色瓷砖和琉璃在阳光照射下光彩夺目。

我慢慢地在这座1000多平方米的宫殿里走着，小心地抚摸着每一根栏杆，每一处凸出的花纹，大把的阳光从菱形的琉璃窗中流泻出来，如同置身一个透明的水晶宫，很难想象，一个世纪之前，这曾经是一个公寓，是人住的地方。两个小时不知不觉过去，走出"巴约之家"，我整个人都有点晕眩——实在太美了！我想象着19世纪初那个叫巴约的一家人，他们住在这样一个仙境之中，每天被从每个角落里散发出的美所包围，会是一种什么样的感觉呢？

离开"巴约之家"，我来到旁边的一家餐厅外面，从这里，我可以欣赏"巴约之家"的魅影，在浓密的绿茵中，那蓝色海洋的外墙波纹，色彩鲜艳的贝壳装饰，美妙的人体曲线廊柱，在阳光下熠熠生辉。

餐厅的桌上铺着洁白的台布，我对这样的地方总是心怀感激，有一种美妙的仪式感，特别是刚刚从那样一个天上的宫殿走出来，我需要一个过渡，一切都应该是美的。我拿出在"巴约之家"买的彩色小茶杯垫，一支高迪风格的圆珠笔，一个色彩抽象的、有弧度的咖啡杯，一本介绍高迪建筑的画册，又点了一杯白葡萄酒，一名皮肤黝黑的西班牙侍者在耐心地跟我解释他们的菜单。

我刚刚饱餐了一场视觉的盛宴，这会儿还沉浸在美的遐想中，根本没有胃口。

"你觉得刚刚从'巴约之家'出来的人应该吃点什么？"我

对侍者说。

不知不觉，我的口气也变成了巴塞罗那特有的即兴式风格。

年轻的侍者似乎并不见怪，想一想，说："如果你相信我，我就代劳了！"

我点点头，这正是我需要的，此刻只想赶快打开那本介绍高迪的书，看一看这个天才的设计师到底是何许人也。

"关于高迪的作品，让我们能说什么呢？"作者在书的开头就说——"直线属于人类，曲线属于上帝。"在建筑设计中，高迪不喜欢用直线，也不喜欢用圆，最喜欢用的就是曲线，其中又最钟情抛物线和波浪线，高迪是上帝的建筑师。

上帝的设计师！

没有比这个称号更适合高迪了！对于高迪的建筑作品来说，一切赞美的语言都显得贫瘠，匮乏，干巴巴的——我突然明白了为什么伍迪·艾伦选择了巴塞罗那作为电影的拍摄场地，为什么整部电影中，高迪这个名字一次又一次地出现，原来伍迪·艾伦也深深地被这位上帝的设计师打动了。

不知什么时候，一大盘五彩缤纷，冒着热气的烤盘被隆重地端到了我的桌上，有茄子、大蒜、西红柿、洋葱、青椒、蘑菇、芦笋，如同一场色彩的爆炸！这个聪明的侍者太了解我了，这简直是一盘"高迪式"的菜肴呢！

数字游牧族的咖啡馆

时钟指向下午两点半，感觉上，我已经度过了漫长的一天——我刚刚享受了一场视觉的盛宴，参观了高迪的"巴约之家"，又在露天餐馆美美地吃了一顿色香味俱全的烤蔬菜，喝了好几杯白葡萄酒，去了一家咖啡馆，可是对于西班牙人来说，这一天只是刚刚开始。

不知不觉，我又回到了吉吉·哈迪德那幅大广告前，看见她，我就知道了自己的位置，继续往前走，黑沉沉的老城在日光中若隐若现——我一眼就认出来，这就是电影《午夜巴塞罗那》克里斯蒂娜给艾莲娜拍照的地方——巴塞罗那著名的哥特区，也是老城的中心，从兰布拉大道延伸到莱埃塔纳大道，除了在19世纪和20世纪初经历了一些改变之外，许多建筑都建于中世纪，其中一些甚至可以追溯到古罗马时期，方形的罗马城墙的遗迹仍可在有些地方看出，中世纪的犹太区也位于该区内。

"最快乐的朝代，是没有历史的朝代"——亨利·詹姆斯曾经这样说。这句话真是深得我心，初到一个新的异国他乡，我喜欢找一个安静的咖啡馆，点一杯咖啡，要一份简单的轻食，细细回味这一天发生过的一切，在一脉细微的文明中感到安然。就像

第一章　巴塞罗那狂想曲

此刻我踏进的这家，处处让人有种微妙的美感，巴赫的音乐（很少有咖啡馆放巴赫的音乐），写着"吃，玩，思考"字样的桌牌——可是，思考什么呢？我不想像其他游客一样，去研究什么加泰罗尼亚的历史——我需要贴近生活的，可以触摸，可以感觉的东西。

咖啡馆的窗户朝着8月的大街上开着，树叶在光影中轻轻晃动，微风轻拂，清新，愉快，吐纳着各种气息——那是从现磨咖啡中传出的浓香，从姑娘们身上散发出的芳香，混合着烤牛角包的美味，还有老城中特有的一种气息，它来自中世纪某个曾经辉煌而已被人遗忘的朝代，除了那些拗口的名字，老城似乎只剩下残垣断壁，看上去饱经风霜，可是里面却似乎蕴藏着耐人寻味的宝藏，等着你去发现，去探索，仿佛它早已知道你的到来，一切都已为你准备妥当——而你只需要慢慢地走近。

还没有真正进入老城，这已经是我进去的第二家咖啡馆了。刚刚出来的那一家，就是因为路过时无意中瞥了一眼便被吸引——那里面有一个小书架，墙上挂着各种油画，墙角摆着工艺品，门口的黑板上写着各种美食的芳名，乍一看有点像家书店，在巴塞罗那，咖啡馆的含义早已不仅仅是喝咖啡了。

突然，透过窗户，我发现在餐厅的书架旁边，昏暗的台灯后面，居然堂而皇之地摆着一个白瓷马桶！马桶旁边是一张餐桌，这主人不是疯了吧？一个如此优雅的餐厅里为什么要放一个马桶？毫无美感不说，而且，谁会在马桶边上吃饭呢？

我好奇地推门走了进去,对着马桶左看右看,没错儿,就是马桶,而且看上去年头久远,不知道被多少人用过了!虽然擦得很干净,可毕竟还是马桶啊!我转过身,正想找个人问问,突然,我的胳膊上被开水狠狠地烫了一下,我尖叫一声,跳到一边,正要发火,却看见一个笑眯眯的欧洲大男孩,端着一杯只剩下一半的咖啡,一脸尴尬地站在我面前。

是我转身毛手毛脚地撞了他,人家刚刚买了一杯咖啡,一口没喝,就被我撞翻了。

"你没事儿吧?"一个漂亮的女服务生赶紧给我拿来一叠餐巾。

小小的咖啡厅只有三张桌子,两张已经被人占了,空气中散发出一股炖羊肉的香味儿,我不由得深吸一口气,还好,离马桶最远的那张还空着,我和那个大男孩自然而然地坐在了一起,我替他重新叫了一杯咖啡,算是赔他的,又给自己点了一杯红酒压惊。

"我叫保罗,巴黎来的!"大男孩对我腼腆地笑笑。

"保罗,看见那个马桶了吗?为什么放在这里?"我指着窗边的那个不伦不类的马桶,迫不及待地问。

保罗顺着我手指的方向看了一眼,若无其事地说:"我看见了,有什么问题吗?那只是一个装饰品,不是卫生间正在用的马桶啊!"

"我知道,真搞不懂,这么优雅的咖啡馆,竟然要用一个马桶装饰，你看这马桶，它压倒其他所有的装饰品，就它最显眼，真的不好看呢！"我转过头，又看了一眼那个让我恶心的马桶。

咖啡馆里在放一支曲子，很美的旋律，开头海浪迭起，似乎是一阵微风，轻轻掠过每一个音符，中间传来断续的鼓声，和着吉他，还有竖琴的声音，像是被涟漪托起长裙的女孩，在海边轻盈地起舞——这个咖啡馆一切都是美的，连女服务生都长得风情万种，只有那个马桶，真是大煞风景！

"谁说马桶不能装饰咖啡厅？它干干净净的，那也是历史的某种见证嘛！"保罗喝着咖啡，悠闲地打开他的笔记本电脑，看来，他是这里的常客。是啊，谁说马桶不能装饰咖啡厅呢？我想着他的话——在巴塞罗那，似乎一切都是可能的。

我又饿了，在巴塞罗那似乎特别容易饿，从邻桌飘来炖羊肉的香味儿让我差点流口水，我招来服务生，点了这道菜，喝一口红酒，惬意地往椅背上一靠，说道："唉，巴塞罗那太迷人了，真想明天就搬过来住啊！"

"你有申根国居留证吧？那就搬来嘛，我就从巴黎和我女朋友搬过来了，已经六个月了，我们没有后悔过一分钟，这个城市很难让人厌倦！"保罗淡淡地说。

我有点吃惊，这个法国大男孩还挺酷，原来他就住在巴塞罗那，怪不得他坐在那里，好像是在自家的客厅一般舒适。

"有是有的，可是我还有工作啊，还得回中国出差，还有我老公，还有……"我叹口气。

"对了，那你靠什么生活呢？"我问保罗，这个男孩子看上去年龄不大，在一个陌生的国家里，竟然活得如鱼得水。

"我是做IT的，所谓"数字游牧"一族，这个你知道吧？"保罗微笑着说。

我摇摇头，感觉自己像个"傻瓜"，我有一份工作，我在那个行业已经多年，但是对那之外的东西却了解得很少。

"看见我的这个苹果电脑了吧？这就是我的饭碗，只要在有网络的地方，我就能生存，我在巴黎有公司，是做网络营销的，帮助客户提高知名度，我半年回去一趟就可以，我的客户还以为我就在巴黎，因为我们天天联系，而且在同一时区！"保罗耐心地解释道。

"数字游牧"一族！

多有诗意的名字！游牧——它让我想到宽广的草原，飞奔的骏马，流浪的吉普赛人。这个词，和眼前这个脸色有点苍白的法国男生，似乎对不上号。我暗暗羡慕他，一个人，一个电脑，便可以立足于天下，想在哪里安营扎寨就去哪里，这份自由，我就没有，我在巴塞罗那，只有可怜的3天，回到挪威就要出差，然后回国，继续出差。

"那么，巴塞罗那你已经待了6个月了，怎么样？还打算继续吗？"这时，我的炖羊肉上来了，香气扑鼻而来，我一面大快朵颐，一面和保罗聊天，完全忘了离我不远的地方，就是那个让我恶心的马桶。

第一章 巴塞罗那狂想曲

"老实说，就是这几天，我感觉我有点待够了，可是我女朋友想继续在这里住呢，她喜欢这里的艺术氛围！"保罗无可奈何地微笑一下。

"也就是说，你一个"数字游牧族"，和一个非游牧族结合了，看样子，你得找个同类才好！"

我品尝着香喷喷的羊肉，入口即化，好像炖了很久，放了迷迭香和罗勒叶，还似乎放了不少洋葱，每吃一口，对味蕾都是一种新的刺激。

"保罗，来尝尝，巨好吃！"我口齿不清地说。

"不了，谢谢，我吃过饭了，刚刚你说到我们"数字游牧族"的问题，确实也是，即使找到同类，也不一定我们会在同一时间想去同一个地方，对吧？"保罗若有所思地说。

我想一想，说："当然，婚姻是需要妥协的，你已经可以啦，说来巴塞罗那就来了，你知足吧！"

保罗还是维持着他那神秘的笑容，低下头，在电脑上敲了几下，似乎在回复一个邮件，那几分钟，他是全神贯注的，仿佛身边的一切都不存在，包括这个咖啡馆，和对面的我——这一刹那，我看见了一个真正的"数字游牧族"在工作时的状态。

恍惚间，我看到了我自己，像他一样，敲着电脑键盘，在一个咖啡馆里，在世界的某一个角落，它可以是罗马，可以是威尼斯，还可以是雅典……我在写作，写我多年以来一直想写的那本书，这个情景是如此熟悉，好像已经发生过，我喜欢的好多作家都喜欢在咖啡馆写作——让-保罗·萨特、西蒙·波娃瓦、帕蒂·史密斯……

我悄悄结了账,走回来和保罗告别。

"哎,别走啊,等等我,我这就好,我陪你看看巴塞罗那,和你聊天挺有意思的!"保罗开始收拾他的电脑。

我笑一笑,说道:"谢了,我从不和人结伴而行,这是原则,但是我要谢谢你告诉我的一切,包括那个马桶!"

我指指咖啡厅的那个角落,然后向保罗挥挥手,走进阳光灿烂的巴塞罗那!

老街暗穴

明晃晃的阳光下,我和在咖啡馆偶遇的"数字游牧族"的法国小伙子保罗告别。

"你就这么走了?我们可以一起逛逛巴塞罗那嘛,咱们还可以再聊聊!"保罗有点依依不舍地对我说。

"不了,我一个人挺好!"说着,我冲他挥挥手,加快脚步,走进了黑沉沉的哥特区老街。

哥特区是巴塞罗那旧城区四个小区中的一个,许多建筑建于中世纪,有一些可以追溯到古罗马时代,远远看去,圣玛利亚教堂铅灰色的尖塔刺破天空的一角,给这本来就和巴塞罗那今日风格迥异的老街,平添一抹深沉和冷峻的色调。

高大的城墙;浅褐色的、凹凸不平的墙壁;被无数脚步磨得发亮的石子路,幽深无尽的小巷,生锈的雕花门窗,一下就把人从高迪那色彩斑斓的童话世界带入压抑的中世纪——走在午后这空空荡荡的巷子里,我不知怎么就想起茨维塔耶娃《我想和你一起生活》的那首诗了,虽然诗里的意境和眼前的景象完全不搭调——看似温暖的句子,却让人感到诗人心灵深处的那种深深的失落和寂寞。

但这里毕竟是巴塞罗那，永远不会重复着同一种色彩和风格，即使在这貌似深不可测的老街。走着走着，一束阳光从巷子尽头照进来，然后，一个袅袅婷婷，身穿白衣的女人牵着一条小狗经过我的身边，留下一缕深不可测的幽香；老街的高墙里，突然一扇墨绿色的窗户被推开，阳台上的栏杆上，晒出花花绿绿的衣服，还滴着水珠，但是看不见人的踪迹，一切都是悄无声息的进行，让人阵阵感到心惊。

一阵"哗啦啦"的锁链声音传过来，我身后的一道大铁门突然被推开，两个年轻的欧洲男人各自拎着一袋食物，说说笑笑地往大门里面走，见我盯着他们看，其中一个转过身，冲我友好地打招呼。

"有什么需要帮助的吗？"说话的是一个非常帅的男生，面色有点苍白，不像是西班牙人。

我吓了一跳，这地方果然住着人，而不是我的幻觉。

"嗯，这里是住人的？"话一出口，我自己也有点感觉好笑。

两个人对视一眼，同时大笑起来，"如果住的不是人，难道你看我们俩像幽灵？"

"可是为什么选这么一个地方住？白天都有点阴森森的，就像住进中世纪的堡垒，晚上岂不更加恐怖？"我问他们。

"嘿，这就是乐趣所在，体验一把回到中世纪的感觉嘛，为什么那个时代的人会选择那种方式生活，对了，我们的房东是个不错的人,好像还有空房,要不然你也搬进来试一试?真的很酷的,我们可以做邻居!"

两个人热情地邀请我,那样子还真不像开玩笑。

我?我无法想象,自己有一天会住在这么一个地方,但是为什么不呢?为什么对于古老的建筑,我总会有一种距离感?当成美术馆看看还可以,但是真正住进去,却没有勇气,我怕的是什么呢?

在巴塞罗那,一切似乎都可以不按常理出牌——高迪的建筑设计没有一根直线,廊柱采用人体骨架的架构,那种震撼,直击人的灵魂;咖啡馆里可以堂而皇之地摆着一个马桶;"数字游牧族"的保罗一拍脑袋就从巴黎搬了过来;而这两个帅哥选择住在昏暗阴沉的中世纪小巷——也许,这一切自然有它的道理,不受任何形式和传统的拘泥,只是我自己,按照一种模式过了太久而不习惯。

为什么不能换个角度思考和生活呢?

离开了他们俩,我继续漫无目的地往前走,突然间,一阵叮叮咚咚,有点像扬琴的声音传过来,抬头看去,一个金发女郎正在演奏古琴,她的两个孩子在一边玩耍,仔细看看,那个男孩是个黑人。

金发女郎一边弹琴,一边不时瞥一眼两个孩子,有点心不在焉,观众不多,偶尔有人在盘子里放几个硬币,我也把十欧元放了进去——就连我这么一个外行也可以看出来,这并不是一个很专业的音乐人，甚至看不出她对音乐的热情，但是，她那谜一般的身世引起了我的兴趣，古旧破败的老城墙下，一个妙龄女郎，一把古琴，带两个孩子，其中一个还有黑人血统——这本身，已经是一个令人回味无穷的故事了。

只是，在巴塞罗那，再精彩的故事，也不能让人长久地驻足，因为前方总有什么更吸引人的东西在召唤着你。又走过一个巷子，离小教堂不远的地方，我突然听到了一个清澈、空旷、醉人的女高音，那声音实在是太美了——这是德沃夏克的歌剧《水仙女》中的咏叹调，一首忧郁、深情的歌曲，它怎么会在这个地方突然响起？

小巷里的游人开始往歌声传来的方向走去，我也急忙跟上去，小教堂门前已经围了不少人，看不清歌手的面孔，但是她那美妙的歌喉却似乎有无限的穿透力，让人整个身心都沉浸在她华美而肃穆的声音里——"黑夜的天空上银色的月光，你的光芒照耀着远方，你静静地望着全世界，啊，月亮，你留下吧！"

一曲唱罢，掌声雷动，在这么一个寂静的老城古巷里，实在有点惊人，我好不容易挤到了前面，看清了歌手的容貌——真是大失所望，原来她那么胖，那么臃肿，那么貌不惊人，而且衣着也有点寒酸，她旁边的那个吉他伴奏也是多余的，可是她的歌声却是那么美，她又唱了一首托塞里的《小夜曲》，也是一首深情忧伤的古典歌曲，听众鸦雀无声，静静地站在那里，陶醉在她的歌声里。

第一章　巴塞罗那狂想曲

这个世界上，完美的东西实在是太少了，而完美的人生似乎更加遥不可及，就拿眼前这个女高音来说，我实在不觉得莎拉·布莱曼的声音能比她好到哪里去，甚至这个胖胖的歌手，她的声音更加动人，更有激情，音域也更加宽广，她连麦克风都不用，就可以如此惊艳！可是她的人生（看上去岁数也不小了），却不是在光鲜亮丽的舞台上，而是在这么一个黑洞洞的古城里，一个不起眼的教堂门前。演唱过程中，不时有人走上去放几个欧元到盘子里，虽然我也跟着放了钱，但是我觉得，这种方式，对她实在是一种侮辱。

曲终人散，胖歌手和她的吉他伴奏（如同虚设）收拾东西也准备离开，我鼓足勇气跑上去，诚心诚意地对她说：

"你唱得太棒了，真的很棒！"

女歌手看我一眼，淡淡地说了声"谢谢"，就匆匆和那个伴奏一起离开了。

我在那里站了好久，真想追上去问问她，为什么不减掉一半的体重，做个漂亮的发型，化个得体的妆容，去个正规的歌剧院什么面试一下，就凭这嗓子，谁会拒绝她呢？可是，那毕竟是别人的人生，我们看他人的人生，就像看下棋，不管我们这些旁观者多有主意，驾驭那盘棋的，永远只是棋手本人。

走着走着，我又饿了，在巴塞罗那，好像特别容易饿，也许是走路太多，也许是因为沿途总有人在那里吃吃喝喝，无意间，我看到一个酒馆外面的小黑板上写着：

暑假应该是这样的，
喝的是平时的三倍，
看什么都好像是一对，
把自己想成光棍一位。

我看了一会儿，不禁笑出声，这个酒馆应该有点意思，单凭这几句完全不像广告的话，就足以把我吸引进去。

醉眼看世界

> 每天早晨醒来,我就体验到一次极度的快乐,
> 那就是成为达利的快乐。
> 我问自己,真奇怪,这个萨尔瓦多·达利,
> 今天他要做出什么了不起的事情呢?
> ——萨尔瓦多·达利《一个天才的日记》

换了任何一个人,口吐如此狂言,恐怕都会遭人骂,可是从达利口中说出来,只会让人莞尔一笑——因为他并没有夸张。

达利是我从小崇拜的西班牙艺术家——他笔下呈现的梦境,萦绕着荒诞诡异、不合情理的氛围,黑暗、古怪和扭曲。而他的个性怪异偏执、充满妄想而又妄自尊大,也赋予了他的作品又一层魔力。他的画作,他的文章,他的外表,他的言谈,都渗透了超现实主义的先锋的气质,而他的作品则成为传世之作。

来巴塞罗那之前,我已把位于菲格雷斯的"达利博物馆"作为必去的地方之一。但是,当我流连于老街神秘幽暗的小巷,进入一家又一家让我惊讶不已的小店,呼吸着陌生而又熟悉的人间烟火,品尝着西班牙浓郁芬芳的葡萄酒和美食的时候,我突然打

消了去看达利的念头。

这里是达利曾经生活的地方，也许，这老街上也有过他的足迹，这些酒馆中的某一家也曾留下过他的欢声笑语——而这才是真实的、活灵活现的生活，它远比死气沉沉的美术馆来得丰富而自然。

推开偶遇的这家小酒馆的门，我一时有点困惑，这实在不像是酒馆，小店里很干净，保鲜柜里放着各种形状的奶酪，房梁上挂着无数条殷红色的火腿，架子上整齐地摆着一排排红酒，一个穿灰色制服的服务生正在全神贯注地切奶酪，似乎并没有注意到我进来。

我是不是走错了？这个地方更像是一个小食品店，零星地放了几个货架子，旁边却有三张小桌子、几张椅子，一对年轻的亚洲人正在喝酒。我看了一眼他们的背影，就可以断定是两个极其认真的人，而且相当讲究，男生穿着一身白T恤、白短裤，一双轻便的红色亚瑟士跑鞋；女孩穿的是一条蓝白相间的水手风格连衣裙，一头浓密的长发，修剪得很整齐，一直垂到她纤细的腰身——很般配的一对璧人。

我本来已经想离开了，这明显不是吃饭的地方，可是看见这两个有点神秘的亚洲人，我又有点好奇，两个人一言不语，各自端一杯白葡萄酒，端坐在巴塞罗那的一家小店里，他们在做什么呢？

我一眼看见墙角的电源插销，我的手机急需充电——我把书包放到了那两个亚洲人的桌子旁边，然后走到柜台那个服务生面前。

"请问您这是什么店？"我客气地问。

对方惊奇地看我一眼，好像我是天外来客一样，居然不知道这个地方是干什么的。

"您要是对西班牙葡萄酒有兴趣，就来对了，我们可以推荐好酒给您。"他耐心地告诉我，脸上露出职业性的笑容。

"哈，你们是教品酒是吗？太好了！我有兴趣，那就给我上一杯红酒吧，还有奶酪、橄榄、面包！"我果断地说，假装内行的样子。

年轻的服务生彬彬有礼地说："我愿意效劳，可是，西班牙有四百多种红酒，我们店也存了上百种，您是要哪个地区的红酒呢？"

这个嘛，我一时无语，我承认我对葡萄酒一窍不通，别人品酒的样子在我看来只是装腔作势，坐飞机的时候，无聊时我也会读一下酒单上关于酒的介绍，我非常佩服那些文字的作者，每一款酒在他们笔下都让人垂涎欲滴，每个品牌后面都有一个古老的故事，可是你真的品尝之后，却没有什么感觉。

"这样吧，我和他们俩喝一样的就好，奶酪您看着配，面包要今天做的！"我灵机一动，给出了一个绝对不会错的答案。

旁边那个秀气的亚洲女孩听到了我的话，冲我友好地一笑，举了举手中的杯子，殷红色的葡萄酒在她的杯子里闪动了一下，虽然彼此还是没有交谈，我却有点开心，旅行中，我最怕的还是那些过于热情的陌生人，让人不知道如何招架。

"那就是阿尔巴利诺白葡萄酒了，这种酒您会品尝出独特的桃子风味，酸度高，酒体轻，口感清爽，其实搭配海鲜最好，可是我们这里不是餐厅，但是我会选一款奶酪给您，请您稍等！"那个服务生似乎对我的答案很满意，流利地介绍起来。

"对不起，麻烦您再重复一下刚才的话可以吗！"旁边那个亚洲女孩子终于开口了，她的英语不太标准，怪不得这么害羞，只见她和她的男朋友掏出一个大笔记本，打开，然后全神贯注地看着那个服务生，好像在课堂上一样。

原来这两个人居然做笔记呢，这么认真，用手机和电脑时间长了，我几乎忘了做笔记是什么滋味儿了。

服务生慢慢地重复了一遍，这回连我都记住了酒的名字，女孩带着歉意看我一眼，低头迅速把小伙子的话记在本子上，又和男朋友核对了一下，然后两个人各自又抿了一口杯子里的酒，半晌，相对看一眼，缓缓地点点头，好像在验证刚才小伙子对这种酒的描述，神情极为严肃，和他们的年龄不太相称的那种表情。我才不相信葡萄酒会有什么桃子味呢，我一般连酒的名字都懒得记，但是这两个人却如此虔诚，认真，生生从酒里尝出了桃子味，幸好小伙子没说是荔枝味的。

"你们俩是韩国人？"我忍不住问。

两个人同时摇摇头,那个女孩说:"我们是日本人!"

这时候,我的酒、奶酪、面包都端上来了,豪华地摆了一桌子,淡黄色的白葡萄酒,乳白色的奶酪,两片新鲜的燕麦面包,一小叠青绿色的橄榄油,一杯矿泉水——十足是我想要的那种午餐,要是再来几片火腿就更完美了!

服务生放好吃的,转身对我们说:"你们一定知道塞万提斯写的《唐·吉诃德》吧?拉曼恰就是唐·吉诃德的故乡,他把旅店想象成城堡,把自己想象成骑士,把风车想象成巨人,也许你们可以一边品尝曼彻格芝士,一边回顾下这部名作,对了,这酒和奶酪也是我本人最喜欢的,希望我的推荐让你们开心!"

两个日本人疯狂地记下他说的每一个字,仿佛如获至宝,我自己坐在那里大快朵颐,突然感觉有点不好意思,等服务生讲完了,我切了两块奶酪递给他们俩。

"好了,你们别光做笔记了,来尝尝他说的这个奶酪吧,我们说说各自的感觉!"

两个日本人客气地谢了又谢,各自把奶酪含了一小片在嘴里,半天没有说话。

"我吃出一股坚果味儿,很香,你们呢?"我喝了一口葡萄酒,就着面包和奶酪,很搭配,这酒确实不错,清香爽口,但是什么桃子味儿我却尝不出来,但是这奶酪可是立刻抓住了我的胃,我把它的芳名赶紧记在了手机里。

那个一直沉默的日本男孩终于开口了:"我觉得这奶酪口味

上表现为前调是干草味的酸，中段是带有坚果味，后调是羊奶焦化，需要仔细品尝，可不只是一种味道呢！"

"也太专业了！"我暗想，他说的话我不太懂，什么前调、后调的，不过，这番话令我对他立刻刮目相看，这人别看年纪不大，却是内行呢！

"你们俩是来巴塞罗那旅行的吗？"我空着肚子喝了酒，有点微微的晕眩。

"也算是吧，其实我们是专门从日本来这个店品酒的！"那个女孩这会儿也活泼起来，说话也不那么爱脸红了。

红酒是装在瓶子里的诗

"你们到巴塞罗那就是为了来这家店品酒?"我睁大眼睛说道。

那个女孩点点头,说:"这家店的酒很有名呢!都是好酒,主人很懂行,而且价格也公道!"

没想到,我居然误打误撞地走进了一个红酒批发店,这地方藏得也太深了。可是这两个温文尔雅的日本人也不像是做生意的人。

"你们千里迢迢地来巴塞罗那品酒,就是因为爱好吗?"酒壮怂人胆,我知道自己问得太多了,可是又实在好奇。

女孩看了一眼她的男朋友,有点不好意思地说:"我们俩梦想以后有个自己的葡萄酒庄园!"

这回我是真的吃惊了,葡萄酒庄园应该不会在日本,他们看来是很有计划地在做事,先立下雄心壮志,开始学习品酒的艺术,然后时机到了就出手,也许两个人的未来就在西班牙!别看他们看上去还是上大学的年龄,可是已经有了自己奋斗的目标,而我自己在这个年龄,还在糊里糊涂地做梦呢,这么理智冷静的两个人,是好还是不好呢?我一时拿不准。

宁静的小店突然间热闹起来，一对欧洲中年人提着大包小包走了进来，看上去像一对夫妇，我特别留心地看了一下那个女士，全身波希米亚风，头上扎着花发带，衣服里似乎有无数个口袋，那个男士倒是打扮得很正常，两个人熟门熟路地走到我旁边空着的那张桌子前坐下，点了红酒。

"来这个店的人都有点神秘。"我心想。那个男人很友好地冲我笑笑，问我们是哪里人，然后自我介绍，他是澳大利亚人，名叫马克，他妻子是新西兰人，他们在那里有自己的酒庄。

"啊，好棒啊！新西兰红酒我也很喜欢呢！"那个日本女孩激动地捂住嘴。

对我来说，拥有自己的酒庄，似乎是一件无比神奇遥远的事情，我曾在托斯卡纳和法国的普罗旺斯见过大面积的葡萄酒庄园，那一望无际的碧绿，烈日下褐色的田野，曾让我感受到强烈的震撼，可是那种生活，毕竟是陌生而神秘的。然而，这么一会儿工夫，我身边就有了好几位这样的人，世界也真是太奇妙了！

"你们发现没有，就这么一个小店有多少个国家的人？中国、日本、澳大利亚、新西兰……"马克扳着手指数。

马克性格很外向，他有一双灵活的眼睛，聪明却不狡猾，带着几分孩子气，他的妻子似乎根本坐不住，在店里转来转去，四处寻找着什么，他一边喝着酒，品尝着我切给他的奶酪，一边和我们谈笑风生。

"酒庄的生活有意思吗？"我问他。

两个日本人也专心致志地听着。

"应该说，很辛苦，别想得太浪漫，我们其实就是农民，只不过比较专业，这个行业风险很大，遇到不可预测的天气，一年的收成就完了，需要运气加勤奋！这么说吧，我们夫妇俩今天能在这个城市，坐在这个地方，和你们几个这样喝酒聊天，得靠我们劳动好几年呢！"马克慢慢啜饮着杯子里的红酒，眼睛眯起来，好像很享受眼前的一切。

两个日本人沉默下来，真没想到，拥有一个酒庄，不仅仅是奢华和浪漫，还要付出那么多的心血，而我们随随便便走进一家酒馆，心安理得地享受着一切，却体会不出一杯葡萄酒里所包含的全部意义。

"但是一切付出都是值得的，因为那是我们自己的选择，不是吗？来，为我们的相识喝一杯！"马克说着，一口喝干了自己的杯中酒，他的妻子这会儿也忙完了，回到座位上，有点警惕地看着丈夫，怎么这么快就和几个亚洲人打成了一片。

那天，我忘了自己是怎么走出那家小店的，也忘了自己到底喝了多少杯葡萄酒，吃了多少种奶酪，马克不厌其烦地给我们推荐他喜欢的西班牙酒，我们尝了瑞格尔侯爵红酒，据说这个酒庄被誉为西班牙里奥哈地区最优秀的酒庄，打开酒瓶，酒呈现出一种深沉的石榴红色，边缘是樱桃般的迷人色泽，真是令人馋涎欲滴，不知是我的心理作用还是红酒的魔力，我居然真的能品尝出来丰饶浓郁的土地芬芳与香草相互交融的气息。

品酒，原来品的是一种心情，三两知己，来自天南地北，有着共同的爱好，共同的品位，喝下去的酒也就自然别有一番滋味，这酒的味道，会带着西班牙的阳光、土地、空气，还有这个小店特有的气氛，永远留在我的记忆中。

两个日本人先和我们告别，又是鞠躬又是微笑的，然后是马克夫妇，拎着他们沉甸甸的旅行包，不知道又要去什么地方拜访他们的客户，或者是品尝新的西班牙葡萄酒——我有点羡慕他们的生活——不需要和人打太多的交道，只要风调雨顺，日子就有着落，每天守着自己的葡萄园，守着彼此，这是多么诗意的日子啊！可是，看他们风尘仆仆的样子，我也可以猜到，任何一种表面看似浪漫的生活，都有令人想象不到的艰辛。

我晕晕乎乎地在老城转悠，似乎怎么走也走不出去了，我迷失在巴塞罗那的某一条不为人知的街上，这里有黑沉沉的城墙，它虽然默默无语，却似乎在倾诉岁月的苍凉；这里有无数的格子窗，精雕细刻的、年久失修的木门，展现出历史的色彩和表情，置身其中，会让人忘记时间，忘记现实世界的种种烦恼。

我走进一条小巷，突然眼前一亮，光线暗淡的巷子里，出现了两个正在喝咖啡的男人，他们坐在灰暗的墙角下，好像很舒服的样子——那个角落有鲜红的椅垫，粉色的靠枕，绿色的植物，旁边是一把旧式椅子，裹着一层塑料布，整个画面有一种神秘的美感——我不由自主地停下了脚步。

我向店里探头探脑地张望,很精致的一家小店,里面挂了很多画,有油画,也有水彩画,原来是一家画廊!

一个头发花白的中年男子向我走来,他的朋友还坐在原处,对我友好地微笑了一下。

"要看看吗?我这里什么画都有,你不买也没关系,进来看看!"说着,他冲我一招手,大踏步地走了进去。

"你是画家?"我问。

"是啊,这是我的画廊,里面还有画,等我拿给你看!"画家说着,进了里面的另一间小屋。

画廊的生意比刚才那个品酒的地方可是差多了,从这里堆积如山的作品来看,他的生意并不好,我扫了一眼墙上的画,虽然我不是内行,但是一个画家有没有才气,也是一目了然的事——他的画非常普通,无论是手法还是创意,都似曾相识,你在任何画廊都可以看见类似的画。

画家在爬上爬下地给我找画,我看了一眼他的背影,大概四十多岁的样子,他的打扮很像一个艺术家,长头发,破衬衫,一副不拘小节的样子,年轻的时候恐怕也是很英俊的一个人,看起来我得买点什么才好,毕竟,不是每个艺术家都可以成为达利或者毕加索那样的人——才气不够,但是也要生存。

小店里的气氛有点紧张,大概画家发现我不是富人,还特别挑剔,我看上了几幅小框油画——一个非常精致而细腻的田园风光系列,是一个女画家放在他的店里寄卖的,我注意到,当我赞赏这些画的时候，画家的脸上有一种受伤的表情——他的画我一幅也没有看中。

那天，走出那家画廊的时候，我的手中多了一个我从没有想过要买的东西——一个硬纸壳做的画筒，里面是那个画家的两幅摄影作品，那是他在西班牙火节拍的，画面有种诡异的色调，线条流畅，我的几句由衷的赞美和三十欧元，就让他的脸上绽开了欣喜的笑容。

一个没有名气的画家，他的签字恐怕对外人来说也没有任何价值，但是对于我来说，这却是一份意外的惊喜，从前，我总是习惯把目光投在那些闪闪发光的名人身上，达利、毕加索、高迪，但是我却忘了，普通人也有自己的梦想，这个梦想也许需要一盏意外的灯来点亮，从而开启他们人生之路的一个新的旅程——在我的生命中，曾有很多人点亮过我那漆黑一片的小路，但愿，这两幅小小的作品，能让我也为一个陌生人留下一点什么，哪怕只是片刻的开心和短暂的幸福。

第二章　波尔图之恋

失落的"魔法世界"

飞机徐徐降落在阿姆斯特丹史基浦国际机场。

一切还是从前的样子——巨大的落地窗，明晃晃的阳光在洁净的原木地板上打出一道又一道颤动的光影；咖啡和烤面包的香气弥漫在空气中；几个脸色红润的金发女郎脚踏独轮车，灵活地穿梭在宽敞而明亮的候机厅里；大屏幕上，一刻不停地滚动着通往世界各地的航班信息，人流如潮水一般地从我身边经过。

离飞往波尔图的航班还有整整两个小时，我的时间很充裕——曾几何时，我也是这匆匆而过的人群中的一个，我在荷兰一家公司工作的时候，到阿姆斯特丹是家常便饭，每次下飞机后，我一手拖着拉杆箱，另一只手打着电话，脑子里放映着一张又一张第二天要在集团公司做的PPT；不经意间，推开一扇沉沉的玻璃门，我会瞥一眼自己的影子，看看衣服是否得体——现在想起这些，感觉已经是前尘往事了。

我要去的地方，据说是欧洲最文艺的"魔法世界"，葡萄牙的第二大城市——波尔图。小南告诉我，宫崎骏的《魔女宅急便》的城市原型就是波尔图的老城，那里有世界上最美的书店；保存最完好的古城；建于1914年的露天市场；最醇香的葡萄酒和节拍最慢的生活节奏……

无数个"最"从小南嘴里蹦出来，听上去一切都很新奇。小南是我在一个女性社交网络平台上认识的超级旅行达人，她在西班牙留学的时候曾经徒步四十天，走完了世界著名的圣地亚哥之旅。从我们在网上的第一次交谈到见面，只要提起波尔图，她就像吃了兴奋剂似的，滔滔不绝——可我还是第一次听说这个城市的芳名，葡萄牙的首都里斯本我是去过的，当时是出差，匆匆路过，没有太深的印象。

7月中旬，卑尔根整天乌云密布，阴雨绵绵，每天的气温只有16摄氏度左右，完全没有夏天的感觉，我每天开着地暖，穿着羊毛衫，缩在沙发里翻着微信，看朋友们在世界各地尽情享受阳光和大海，心里实在不是滋味。而那时，恰好我的小说《挪威的小木屋》完成了第五版的最终修改。

我一直有个困惑：人们是怎么规划自己的旅行的呢？世界如此之大，怎么就知道自己在某一时间，要去什么地方？对于我来说，去哪里，什么时候去，全凭直觉，一些模模糊糊的信号，或者巧合。

第二章 波尔图之恋

那段时间,关于波尔图的一些游记不时从天而降,频频出现在我订阅的公众号里——在我看来,这是一个神秘的信号,而我很善于捕捉——也许,命运让我认识小南,就是要把我引到波尔图。小南的足迹遍布全世界,为什么唯有波尔图让她情有独钟?这个城市,一定有它的奇妙之处。我仿佛在冥冥中听到了波尔图的召唤。

说走就走!我从沙发上跳起来,在几分钟之内订好了机票和酒店,但是我不打算做任何攻略,不知道为什么,一听见"攻略"这个词,我马上就想到一场战役,我不喜欢计划,不想预知任何快乐和烦恼,我喜欢偶然发生的事情,无意中碰到的人,如果什么也没有发生,那也顺其自然。

因为没有计划,旅行的时候我会变得格外兴奋和敏感,从阿姆斯特丹登上去波尔图的飞机,我立刻就感觉到一种温馨,舒服的气氛,飞机上大多是本地人,我喜欢暗中观察陌生人——那些踏上回家之旅的人,脸上的表情都会不一样,心中的喜悦是藏不住的。

机舱门关闭之后,我发现旁边的座位居然是空的,哈!这下我可以尽情独享窗外的美景和宽敞的空间了!正在暗自庆幸,一个中年男士瞬间从中间的那排座位上站起身,快步走到我身边,俯下身,彬彬有礼地问我是否可以坐在我旁边的位置上。

"您请坐!"我冲他微微一笑,极力掩饰住内心的失望——一场交谈看来是无法避免了。

"你去波尔图？游客吧？待几天？"飞机刚刚起飞，中年人一连串的问题已经让我有点招架不住了。

"您是波尔图人？"我反攻为守地问他。

中年人点点头，打开一瓶依云矿泉水，一饮而尽，然后瞟一眼手表，又看看窗外缓缓浮动的云彩，有点坐立不安的样子——他和我想象中的波尔图人不大一样，在我的感觉中，那里的人应该是安静、从容、不善言谈，甚至有点羞涩的，至于这种印象从何而来，我也说不清楚。

"你说什么？五天？你要待五天？波尔图这种小地方，五天不会太长了吗？"中年人听我说完，一脸惊讶，好像我犯了什么致命大错。

我耸耸肩，想到小南，她希望能在波尔图住上一年。

"不行，五天呐，你得去一下波尔图周边的地方，要不然你会烦死的，你看我，刚刚在迪拜看完F1比赛，打了一场高尔夫球，然后第二天飞到法兰克福谈生意，谈完立刻飞回来，我是喜欢速战速决的那种人，时间就是金钱，你难道没有听说过吗？"

中年人起劲地说着，额头上渗出细细的汗珠，脸上红扑扑的，在飞机上空间这么狭窄的地方，他那跃跃欲试的样子实在令我感到紧张。我还没想好怎么回答他，"嗖"的一下，他已经掏出一张名片，一支圆珠笔，迅速在名片背面写下自己的私人电话、邮箱号，然后把名片塞到我手里。

"拿着，在波尔图不管遇到什么事情，给我打电话，我会在第一时间赶到的!"中年人一脸严肃地对我说。

我尴尬地双手接过那张名片,长期养成的习惯改不了,对名片这种东西始终有一种敬意,而我自己,是一个没有名片的人。

飞机上开始送餐服务了,有咖啡、茶、小巧的三明治,中年人冲空姐挥挥手,表示自己什么都不要。

我看了一眼窗外碧蓝如洗的天空,起伏的崇山峻岭,静静流淌的小河——这一切美景,本来我是可以独享的,还有那种探索一个新国家的好心情,现在都被这个热情过头的中年人给破坏了。

"你是干什么的?"

中年人终于把话题转到我身上了,他有点好奇地打量着我,好像一时无法判别我的职业——我穿着一条纯棉白色连衣裙,外面是磨得发旧的牛仔夹克,一个在巴塞罗那买的蓝色双肩包,一双球鞋,全身行头加起来也没有几百块钱。

我犹豫了一下,然后老老实实地告诉他——我是个写字的人,正在写一部长篇小说。

中年人的眼睛亮了一下,但只有短短几秒钟,然后就迅速黯淡下来。

"写书赚钱吗?你的书会有多少页?"中年人认真地看着我。

"嗯,让我算算,30万字的书能卖多少钱!"说着,他从皮包里掏出一本书，打开一页，先是横着数了一行字，然后又竖着数了一下，最后看了一眼页数，然后宣布：这本书是8万多字，他花了10欧元买的。

"你看，写书这生意利润很微薄啊，一个字真没多少钱！"中年人一脸同情地看着我。

"你写了多久了？书什么时候能卖呢？"他似乎不相信会有人做这么傻的事情。

我转过头，极力忍住笑——下了飞机，我会第一时间给小南发短信，告诉她，应该来波尔图看看的是她而不是我——什么诗意啊，梦幻啊，慢节奏啊，这些形容词已经不适合这个城市了，波尔图变成了世界上随处可见的一个地方，永远充斥着数字和金钱——由此看来，所谓净土，是根本不存在的。

无意间，我瞥了一眼中年人放在小桌板上的那本书，封面是一对恋人，还有另外一个女人，他们下面是一个古城堡。

"这是您读的书？它是讲什么的？"我指了一下那本书。

中年人脸一红，说："这个嘛，是一本爱情小说！"

我做了个惊艳的表情，说道："是吗？您还看爱情小说？"

"嗯，我有时会看的，事实上，波尔图人喜欢看爱情小说！"中年人有点不好意思地说，这一刹那，他变得有几分可爱起来。

"我可以给您的书拍一张照片吗？"突然间，我有了灵感。

"当然啦，随你，可是，这有什么用呢？"中年人困惑地看着我，又看看那本书，好像碰见了一个神经不正常的人。

"这个嘛，就是我的秘密了！"我冲他神秘地一笑。

说罢，我拿出手机，拍下了这本书的照片——一本爱情小说，它的主人给了我波尔图之行的第一印象，也许我的结论下得有点早——飞机开始缓缓降落，中年人终于沉默下来，我向窗外望去，一个淡蓝色的、薄雾渺渺的魅影正一点点在我眼前展开。

夜色温柔

当我们看着时间的时候，它过得并不快，

它因受到注视而不敢妄为。但它会趁我们不注意的时候，悄悄溜走。

也许，世界上有两种时间，一种被我们监视，还有一种——改造我们。

——加缪

对我来说，属于夜晚的时间才是真正的时间。

走出波尔图机场，我迅速找到了出租汽车站，司机挽起我的行李，他是一个彬彬有礼、少言寡语的人——看了一眼我手机上的酒店地址，见我坐稳，随即发动汽车，几分钟之后，我已经进入夜色朦胧的波尔图了。

街灯一盏又一盏地亮起来，车窗开着，空气中有一股我熟悉的味道，我深深呼吸，一点点地分辨，那是海风的咸味，有点潮湿，夹着薰衣草若有若无的芳香（薰衣草是葡萄牙的国花）；还有，一股古老的，有点腐烂的树木气息。车上的电台在放一首音乐，尽管司机已经把音量调得很低，但我还是能听出是一种略带忧伤的女声，旋律极其优美，仿佛在叙述一个美好而遥远的回忆——空气，海水，音乐，仿佛是一曲和谐的三重奏。

"这是谁的歌？"我忍不住问司机。

"法朵！"司机礼貌而简短地回答，然后又沉默下来，两眼盯着前方，一心一意地开他的车。我重复着刚学来的这个词——法朵，听上去很美，只是不知道这是人的名字还是歌的名字，但是，我会慢慢发现——我喜欢这个司机，他有点像我想象中的葡萄牙人，安静，职业，恰到好处。

此刻，他正向一条老街开进去，奇怪，我订的酒店明明是在市中心，可是窗外却是一栋又一栋油漆剥落的老屋，颜色模糊不清，这些房子似乎年久失修，无人居住，每扇大门上都刻着精美的雕花图案，往日的繁华依稀可见，可在这幽暗的夜色中，却显得破败、腐旧，怪不得空气里会有木头的味道。树木这种植物，腐烂的时候会发出一种奇香，我对这个味道非常敏感。

出租车在古老的巷子里悄无声息地穿行，仿佛进入了15世纪的葡萄牙，彼时，这个国家正处于"航海家亨利"统治的时代。亨利是葡萄牙历史上最为雄才大略，富有战略眼光的领袖，他生于1394年，其父是葡萄牙国王若奥一世，母亲是莎士比亚在《理查二世》中写到的冈特的约翰的女儿菲利芭——15世纪，那是葡萄牙历史上的黄金时代。

想起这段我无意中读到的葡萄牙的历史，眼前的凋零，更衬出这个国家曾经有过的璀璨文明，让人有一种无名的感慨——此时，一种沉寂的气氛正在空气中悄悄蔓延，整个波尔图都被笼罩其中，昏暗不清的光线中，我吃力地分辨着经过的每一条街道、每一处残垣断壁。我突然有种兴奋的感觉，明白了为什么小南会对波尔图一往情深了，这个城市——天生适合我们这样的人。

我推开一家小巧玲珑的酒店的大门，恍惚间如同走进了一个大号的古董匣子——酒店的大堂比我家的客厅还要小，电梯间只容得下一个像我这么瘦的人外加一个大箱子；左面是一个小的不能再小的酒吧，吧台前只有两张转椅；右面就是前台了，其实就是一张长长的黑漆台子，上面摆着一盏古色古香的台灯——一个古老而洁净的酒店。

前台那位穿黑衣的中年女士微笑着把钥匙递给我，似乎知道我的到来——自始至终，入住的程序是在沉默中进行的，一句废话没有——我突然感到一阵饥肠辘辘，这一天，除了飞机上吃的那一小块三明治和一杯咖啡，我还滴水未进。

酒吧的服务生是一个身材高大、仪表堂堂的中年男士，怎么看也不像酒保，他拿出一张地图，熟练地标出了几个餐厅的位置——我告诉他，没有用的，我对地图的感觉就像对宇宙一样，模糊不清，方向不明，但是我总能凭着直觉找到我想去的地方——我飞快地把行李放到房间，又在肩上系了件开司米毛衣，下了电梯，在前台和酒保略带惊异的目光中走出酒店的大门。

夜色如水。

抬头看去，一轮明月高悬于紫罗兰色的天空，异国他乡，有月亮做伴，心便有所归属。古老的巷子向前伸展出去，我独自前行，四周静悄悄的，只有隐隐的灯光在远处闪动，我可以清楚地听见自己的脚步在青黑色的石板路上发出轻微的回声，越走，就觉得身体越轻，飘飘然的，但我没有一点恐慌感——黑夜对我来说，就像一种隐秘的音乐，能安然融化其中，就已经心怀感激。

经过一个老屋，我看见一个坐在台阶上的男人，那个姿势显然是有些疲倦，他身后是一扇不知经年的高大木门；走着走着，灯光渐渐暗淡下去，一个女人的背影从街角一晃而过；突然间，冒出一处断墙，一辆摩托车斜靠在上面，墙上不知是谁的信手涂鸦，居然画得很有点气势；再往前走，一个外墙斑驳的老店出现了，门半掩着，昏黄的灯光下，一个理发师正聚精会神地给他唯一的客人理发，一簇花白的头发飘然落地——整个情景就像一幕黑白默片，画面清晰，却无声无息。

一阵潺潺的水声不知从什么地方传来，像是不远处有个喷泉，一滴又一滴，仿佛时间正在坠落。波尔图的第一个晚上，我是不是产生了什么幻觉？要不然，就是不小心走进了所谓的时光隧道？正在犹豫，一扇明亮的橱窗突然现身——我惊喜地扑了过去，原来这是一家书店，橱窗里展示着各种古典书籍，神秘的图案，精美的包装——只是，从经济学的角度来说，这似乎有点不划算，毕竟，深更半夜，灯火通明地展示精神食粮，我还是第一次看见。

这时，一支陌生的曲子，穿过黑夜，穿过古老的城墙、树影婆娑的街道，传到我的耳中，略带忧伤的旋律，好像是在哪里听过的，周围的一切瞬间安静下来——一间小小的餐厅出现了，由于它特别小，大门一直延伸到街上，门口坐着两个正在聊天的男人，每个人的旁边趴着一条大狗。

我松了口气，对那两个男人笑一笑，他们也立刻回敬了我一个好奇而友好的微笑，连忙起身给我让路。

就是在这家迷你小店，我吃到了世界上最美味的"Cozido a Portuguesa"（葡式炖菜）——也就是把胫骨的牛肉、猪肉、排骨、香肠、鸡肉、白菜、胡萝卜、白萝卜、大米、土豆炖在一起，加上红酒和橄榄油的一种炖菜，还配了两片松软新鲜的面包，我要了一杯红葡萄酒，坐在吧台仅有的那个位置上，慢慢地啜饮，这酒香气浓郁，口味醇厚——喝到一半，服务生已经把我点的菜放在眼前，此时此刻，在经历了一整天疲倦的旅行后，对于一个异乡人来说，还有什么比这一碗热乎乎、香喷喷、有点像东北炖菜的浓汤更暖胃、更贴心的食物呢？

吃过晚餐，走出小店，再次走进羽翼般轻盈的夜晚，那两个牵狗的男人还坐在那里，我向他们打听，明天我想去老城看看，离这里有多远？

两个人互相看了一眼，然后哈哈大笑，其中一个人站起来，对着茫茫夜色，伸开手臂，画了一个夸张的大圈儿，然后对我说："就是你此刻所在的这个地方啊，整个波尔图，都是老城呢！"

光影之舞

狭窄的古巷,浮动的暗香。

摇曳的灯光,琥珀色的琼浆。

我在一张陌生的床上醒来。周围的一切都在黎明的静寂之中,半明半暗。我的床很舒服——光滑、舒爽的被单,没有一丝皱褶的床单,婴儿面颊般饱满的枕头,全都散发着阳光般的洁净和清香。对我来说,每天早上,意识总是先于身体醒来,这个时候,我的大脑就像一个刚刚开启的GPS,重新定位,慢慢找回自己在这个世界上的坐标,国家—城市—酒店—房间。

恍惚间,我听见隐约传来的鼓声,连绵不绝,如同记忆深处缓缓吹过的风,鼓声越来越清晰,不疾不徐,由远而近,随后,小提琴的声音出现了,然后是吉他,就像跳离人群的一段独舞,伴着一个女声的低声吟唱,声音是如此美妙、圣洁,仿佛令人进入了一尘不染的圣殿——我这才发现,我居然戴着耳机睡了一夜——歌声来自罗琳娜·麦肯尼特,一个加拿大的名歌手,她的声音有一种不食人间烟火的空灵,昨夜临睡前,我就是在听她的歌,那种感觉和波尔图这个老城的调子很相配。

我的目光落在床边的小桌上,上面摆着半杯琥珀色的波特甜酒，在清晨淡蓝色的光线中，发出一股静静的幽香。昨天晚上我吃完饭回来，看见酒保还在值班，我走过去，想陪他坐一会儿，请他向我推荐一款葡萄酒——他告诉我，对于女士来说，临睡前喝一杯白波特酒最合适。我皱皱眉，我并不喜欢波特酒，那是一种甜得发腻的餐后酒，每次坐公务舱，最后一道饮品就是波特酒，配奶酪和葡萄，那个味道我实在受不了——可是酒保告诉我，他给我推荐的是白波特酒，一种开胃酒，而不是餐后酒。

"试一试，你会喜欢，不喜欢算我的！"说着，他倒了一杯递给我。

我浅尝一口，果然，香醇可口，清香四溢，而且并不是很甜，我又喝了一点，一种愉悦感立即涌向全身——我很快就喝完一杯，酒保没等我开口，就含笑给我又倒了一杯，我们俩聊了一会儿，然后，我站起身，谢了他，端着酒杯，尽量保持身体的平衡，回到我的房间。

这会儿，我又抿了一小口剩下的半杯酒，还是那么甜美、芬芳，只是，清晨在床上品酒，让人有一种说不出的奢侈感。我拿出手机，给酒杯拍了一张照片，发到了"脸书"上，然后又回到床上，闭上眼睛，听墨西哥钢琴诗人埃内斯托·科塔萨尔的音乐——每一首都是那么温馨，典雅，浪漫，令人陶醉，他的音乐尤其适合早上聆听。

这时，我的手机响了一下，发出去的照片已经有了回应，英国朋友杰兹评论道："嗯哼，宿醉，喝到现在吗？"我情不自禁

第二章 波尔图之恋

微笑了一下,心里暖洋洋的,美好的生活就应该是这样——不经意的一句问候,一个小小的祝福,一抹真诚的微笑,这些东西是实实在在的,你能感觉得到,久了,就会变成温馨的记忆。

时间不知不觉地过去,阳光把房间照得通亮,这时我才看清这个房间的整个陈设,小巧玲珑,没有一丝灰尘,写字台上方还挂了一张非常精美的水彩画——一个穿白裙子的姑娘在海边踏浪,她的身后是无数道绚丽的彩霞,从她的衣着上看,这应该是几个世纪以前的作品了——我仔细端详着这幅画,挂在这里显得很协调,房间一下子就有了一种温馨的气息。

快九点了,我还赖在床上,没有攻略,没有计划,这一天,我将怎么度过呢?也许,我可以先去吃早餐,运气好的话,应该还能吃到蛋挞——我最喜欢的一种甜品,早就听说葡萄牙是蛋挞的故乡,既然来了,先尝尝再说!我兴奋起来,总算有了今天的第一个计划,我跳下床,换上一件小花吊带裙,一双凉拖,头发随手扎了一下,就下了楼。

餐厅里已经坐着几对夫妇,没有一个是像我这样单枪匹马一个人来的——服务生立刻把我带到靠窗的座位,然后迅速端来一杯热气腾腾的咖啡,又向我指指餐台,我一眼就看到一盘刚刚出炉的金灿灿的蛋挞。

我轻轻咬了一口这香脆的蛋挞——舌尖上立刻传来一股浓浓的奶香,让人有种触电般的眩晕,蛋挞口感松软,甜而不腻,精致圆润的挞皮,金黄色的蛋液,还有焦糖的比例,一切都可以用完美来形容——我的餐桌上摆着一个小小的白色花瓶，里面是一簇新鲜的黄色雏菊，旁边是一杯咖啡，一束阳光正好打在上面，明黄色的光影在微微颤动，如同油画一般精致——餐厅的窗户是敞开的，凉风习习，远处传来隐隐的机动车的声音，此刻听来并不刺耳，反而给这个沉默的餐厅带来一丝生气——我可以在这里坐上一天，虽然我还没有领略晨光中的波尔图，但是昨天晚上的夜游，和今天上午的这一阵又一阵不断袭来的幸福感，已经让我感到这将是一次愉快的旅行。

酒店的大堂空空荡荡，每个人都有自己的计划，而且似乎已经开始行动了。我唯一想去的地方是小南说的那个世界上最美的书店，名字还被我忘记了。

前台换了一个年轻、灵活的女孩，我一开口说书店，她就立刻拿出地图——我摇摇头，让她告诉我出大门是往右拐，还是往左，女孩迅速写下了书店的葡萄牙语名字，然后告诉了我方向。其实，迷失在波尔图又能怎么样？在这个城市里，也许是一种乐趣呢，我心想。

走出酒店，街上的行人还是很少，我发现，早晨的波尔图，大气中有一种光，一种灰蓝色的、透明的光，笼罩了整个街道，也许是因为被太阳遮挡了一些，这光线显得格外温和、舒服，甚至让人产生了一种被催眠的感觉——街道两旁的老屋、古树、喷泉，还有教堂的古典廊柱、玫瑰花窗、骑士雕像、外墙的青瓷壁画，都被这神秘的光线蒙上了一层梦幻般的色彩。

第二章　波尔图之恋

光即是眼睛———一种和眼睛有关的仪式。

沾着露水的落叶在阳光下闪闪发光，我又有了昨夜那种身轻如燕的感觉，不知不觉走到了一个开阔的广场——那个世界上最美的书店在哪里呢？我正在东张西望，突然，一辆老式的有轨电车晃晃悠悠地从我眼前经过——棕色的车门，浅黄色的车身，古色古香的造型，电车轨道和车轮撞击时发出的叮叮当当的声音，听起来清脆、悦耳——在这个相当现代化的广场上，这样一辆古董车缓缓经过，显得有些不可思议，但是又如此协调。

这一刻，仿佛时光倒流，把我带回15世纪的波尔图——我迅速拿出手机，对着有轨电车狂拍起来，把去书店的事情忘了个一干二净。

偶遇情圣

对于收藏记忆的人来说，每当人们提及那个富有魔力的名字，不管是人，还是城市，总会在脑海中浮现出一系列的画面，随着岁月的流逝和沉淀，这些记忆反而变得更加清晰——两年前的7月底，当我离开波尔图的时候，我知道有一天我会去写它，会像谈及生命一样谈起这个城市，我只是没有想到，关于波尔图，虽然只是短短的五天旅行，但我的记忆中却已经储存了太多的画面、声音、色彩、味道，那些难忘的面孔，意味深长的对话，鲜活有趣的灵魂——我唯一能做的，就是忠实地把它们记录下来，呈现，守护，回味。

"你无法买到幸福，但是，你可以买酒啊，因为它们是一回事！"

清晨，走在波尔图熙熙攘攘的大街上，经过一家不起眼的小餐厅时，我无意中在玻璃窗上看到了这句英文广告，写得龙飞凤舞，飘然洒脱，玻璃窗后面有一个身影——端坐一隅，沉静安然，我看不清他的表情，只是觉得那种状态很舒服，他坐在这里，如同一道风景，成为这个小店的一部分，一种完美的融合，让人忍不住驻足，推开门，走进去看一看。

第二章　波尔图之恋

小店实在太小了，只有三张桌子，备餐台又占了不少面积，上面摆着满满的早餐——酸奶、羊角包、咖啡、奶酪、火腿、水果布丁，五颜六色。一个身材曼妙的葡萄牙女孩正在里面忙得不可开交，见我进来，还是敏感地抬起头，冲我粲然一笑，示意我稍等片刻。

我迅速侦察了一下地形——窗口的最佳位置被那个男士占了，我又刚刚吃了早餐，根本不饿，只是因为玻璃窗上那句话才鬼使神差地走了进来，现在有点进退两难。正在纠结中，坐在窗前的那个男人突然转过身，微笑着对女孩做了个结账的手势，然后又若有所思地转过头，继续凝视着窗外的车水马龙——自始至终沉默着，直到他离开，也是悄无声息。

我就这么毫不费力地占领了他的位置——令人眼花缭乱的街景顿时尽收眼底，坐在这里，我可以舒舒服服地做一个冷静的旁观者，而不必辛辛苦苦走路。我庆幸着自己的好运气，赶紧布置我的领地，书、充电器，又点了新鲜的咖啡和那杯令人垂涎欲滴的酸奶，满满当当摆了一桌子，这才心安理得地松了口气。

小店里有种神秘的气氛，深棕色的皮座椅，老式的古铜色长桌，看上去斑斑驳驳，不知经过了多少时光的打磨。楼上似乎还住着人，可以听见有人在走来走去，果然，不一会儿，就下来一对睡眼惺忪的年轻夫妇，慢慢悠悠地享受着早餐；刚才的那个女孩不知什么时候消失了，一个安安静静的男生在备餐台后面忙着，他衣着得体，眉清目秀，动作井井有条。

55

收音机里在放一首音乐,没有"法朵"式的忧郁和哀伤,一个轻轻浅浅的女声,慵慵懒懒地唱着一首爵士风格的曲子——文艺,清新,浪漫,如同一道和煦的阳光,让人感到眼前的一切都是美好的——这个明媚的早上,温馨的小店,窗外的街景。我注意到手工抹灰墙上挂着一个精致的玻璃柜,里面摆着几瓶陈年的葡萄酒,旁边的小桌上放着一摞说明书,我走过去,拿了一张,回到我的桌前慢慢读起来。

不知什么时候,刚才那个漂亮的葡萄牙女孩站到了我的身边,还端来了几个小酒杯,里面是各种葡萄酒,还有一小盘切得很精致的奶酪。

"我们店的葡萄酒是波尔图最好的!"女孩一脸的自豪,并没有夸张的表情。

"我相信,可是我没有买酒的打算,懒得很,什么都不想带!"我不好意思地对她说。

"那有什么?你品尝一下,这些都是送给你的!"女孩子浅笑盈盈,没有一点勉强我的意思,这个小店,这个女孩,好像和我有一种特殊的缘分,一见如故——女孩告诉我,这是她和她男朋友开的一个民居,一层是餐厅,二层有五间客房,这个小楼是老房子,光是装修和维护就花了不少钱,而且还要保持原有的风格;同时,为了具有自己的特色,他们还要四处寻找葡萄牙的传统菜单,一切食品都是手工制作。

我的脑子里迅速闪过几个数字——他们怎么挣钱呢?成本远

第二章　波尔图之恋

远高于收入，这是明摆着的，从奶酪的品质就可以看出来，还有酸奶，口感非常细腻，和酒店的那种工业化酸奶完全不同；他们的红酒有一种丝滑、绵软的感觉，据说来自一个神秘的酒庄，虽然我对品酒并不在行，但还是尝到了一种特殊的味道，那是海风、橡木桶、空气的混合体，让我想起刚刚到波尔图的那个夜晚闻到的气息。

"我和我男朋友想法一致，我们要做就做最好的，品质第一，就是我们还雇不起工人，现在我得去收拾客房啦，失陪！"女孩笑一笑，转身又跑掉了。

我慢慢地品着红酒，凝视着窗外，一边想着女孩的话，她和她的男朋友看上去也就22岁左右，就已经有了明确的人生目标——做一个精致的小型家庭酒店，可是，这就意味着他们恐怕很难像我这样四处游荡，说走就走，体验这个变化万千的世界，他们必须兢兢业业地守在这里，日复一日地工作，而且，什么时候能做到收支平衡都是个问题——这样的人生并不是我的目标，但是此时此刻，我在这里所看到的一切，都令我无比羡慕。

这时，大门被推开，进来了一个大约40多岁的欧洲男士，穿得相当讲究，脸色有点憔悴，一副心事重重的样子，他神情冷漠地坐到了我旁边的位置上，只点了一瓶矿泉水。

我有点看不下去了——即使只是出于礼貌，在这样精致的小店，无论如何也应该点些吃的才算对得起主人的辛苦。

"这里的咖啡、酸奶、红酒、奶酪味道都不错，可以试试！"我对他说。

"你在这儿工作吗？"陌生人有点困惑地看着我，一副大梦初醒的样子，似乎刚刚注意到我的存在。

我愣了一下，也许我介绍得太热情，太起劲了，让他误以为我是这里的员工。

"现在还不是，也许会考虑，我还没有想好！"我和他开着玩笑。

陌生人的脸上掠过一丝心不在焉的笑容，看得出，他沉浸在自己的世界，对周围的一切没有太大的兴趣。

他就这样默默地坐了几分钟，然后突然开口。

"你也是一个人？介绍一下，我叫斯考特，你呢？"说着，他又点了一杯咖啡，然后冲我转过身，一副要好好聊聊的架势，这个人好奇怪，刚刚还是冷若冰霜，这会儿却像变了一个人。

我暗暗叫苦，突然明白了刚才那位男士为什么一见到我进来就赶紧溜了，大概就是怕出现这种局面——独自享受一份属于自己的清静，发现无人知晓的秘密，是旅行的一大乐趣，和陌生人坐在一起尬聊，实在不是我想要的，还没等我开口，斯考特就滔滔不绝地谈起他自己——瑞士人，有太太，三个孩子，做一份政府的环境评估方面的咨询工作，有自己的公司，收入很好，来波尔图是为了——好好思考一下他的问题。

"思考什么大事呢？要从瑞士来波尔图？"我好奇地问，直

第二章 波尔图之恋

到最后一句话，我才对他有了点兴趣。

"爱情问题，我爱上了另一个女人，事实上，我们俩刚刚有了孩子，也就是说，我又有了一个家，一个婚姻之外的家，你明白吗？"斯考特抓抓头发，有点绝望地看着我。

我瞪大眼睛，不敢相信自己的耳朵，仅仅认识几分钟，就把自己前世今生的故事和盘托出，讲给一个陌生人听——这样的人，我还是第一次见到。但是，这个斯考特不像是骗子，他彬彬有礼，谈吐不俗，看上去受过良好教育——我突然变得哑口无言，生活似乎永远比书本里的故事要多姿多彩，我能帮他什么呢？一个人，两个家，四个孩子，他的世界如此复杂，而且由他一手造成。

"每天我都很紧张，我怕，我的另一个孩子如果病了，我不知道该怎么办，已经编不出借口了，我的妻子和情人都对我不满，事实上，我已经快疯了！"斯考特说着，一口气喝完咖啡，脸上的痛苦让他那张算得上英俊的脸都有点变形了。

"确实不好办，毕竟有了孩子！"我听见自己慢吞吞的声音，我是怎么搞的？身不由己地被一个陌生人拉进了感情顾问的角色——不过，我确实有点同情他，虽然他的问题和这个小店的一对恋人日常的烦恼相比，是如此奢侈。

"这就是问题的关键，我不快乐，非常不快乐，我什么都有了，她们两个都爱我，可是我不快乐！"斯考特感激地看了我一眼,好像是碰到了知己。

"可见数量永远不是最重要的,少了不行,多了也是个问题!"我实在忍不住了,大笑起来。

斯考特也尴尬地笑了,看来和我聊天能让他舒服一点,也许和陌生人倾诉对于他来说是安全的,出了这个小店的门,反正谁也不认识谁了。

"但是,你为什么来波尔图呢?"我饶有兴趣地问。他的生活已经一团糟了,还有心思一个人旅行?他的两个女人对此会作何感想?

"这个嘛,我说了你不许嘲笑我!"斯考特犹豫了一下,好像在想到底和我透露多少他的秘密。

"你的秘密放在我这里最安全,放心!"我忍住笑,一本正经地安慰他。

"我在网上认识了一个葡萄牙女孩,黑人血统,我们俩聊了一年了,实在是太有共同语言了,我们都是学社会科学的,兴趣相投,所以就约了在这里见面!"斯考特说着,小心地看我一眼,脸上的表情很沉重。

我惊得差点从椅子上跳起来:"你说什么?现在是另一个女人了是吗?你这信息量也太大了吧?还是在这儿无聊给我编故事呢?"

"没有,我不会编故事,事实上,我见到她了,就在昨天,我们在一起度过了一个美好的夜晚,但是天一亮,她就提出分

第二章　波尔图之恋

手！"斯考特长长地叹了口气。

"废话，你明明是结婚了，还有孩子，还有另外一个女人，另外一个孩子，你这样做不是骗上加骗吗？"我毫不客气地说，气不打一处来——假如这是一场戏，那么我已经进入角色了。

斯考特的脸顿时变得惨白，说道："我不是故意的，我们俩真的很谈得来，唉，我知道，我把生活弄得太复杂了，真的太复杂了，但是，我不是骗子，我对她们都是有感情的，只是不一样而已。"

我们俩都沉默下来——斯考特是个聪明人，但是却亲手毁了自己的生活，他什么都想得到，却忘了生活中一切美好但不合理的事物都是有代价的。

"好了，谢谢你的故事，我要走了，如果你给我讲这些是因为想让我离开，独占这个靠窗的座位，那么，你成功了！"我站起来，开始收拾我的东西。

"别走啊，我们俩不是谈得很好吗？对了，今天晚上你有空吗？"斯考特有点急了。

我停住手，不相信似的看看他，说："我？有啊，怎么了？"

"我们俩可以约会啊，我们换个地方，我请你吃饭怎么样？"说着，他掏出笔，开始写自己的联系方式。

"不了，斯考特，你也许是个好人，但你对我来说实在是太复杂了，现在，轮到我去做一番思考了，但是我会换一个地方！"我向他神秘地一笑。

我结了账，笑着冲他挥挥手，推开门走了出去。

晨雾已经散去，整个波尔图沐浴在金色的阳光下，有一种无法形容的魅力，一股清新的海风迎面吹来——我就像做了一场梦，现在，又重新回到现实世界；街上的小贩，路边的理发馆，阳台上晾着的五颜六色的衣服，都让我感到无比的亲切，似乎，我已经在这个城市住了很久，而且，还要继续住下去。

我回头看了一眼，现在坐在我的位置上的，当然是斯考特，他茫然地望着窗外，桌上放着一杯红葡萄酒，玻璃窗上那两行龙飞凤舞的字体再次出现在我的眼前——

"你无法买到幸福，但是，你可以买酒啊，因为它们是一回事！"

如果此刻，我是一个没有刚才那一番经历的路人，会觉得这一切，都很迷人。

第二章 波尔图之恋

只爱陌生人

波尔图——葡萄牙语的意思是"温暖的海港",这个温馨的名字,和整个城市的风格很搭,在这里,你永远会被一团柔和的、从海上飘来的薄雾包围着——那种寂静的、涌动的蓝色;空气中永远有一种略带咸味、清新的海风味道,凭着这个味道,这团薄雾,这座城,已经从厚重的生命中离析出了一种轻盈诗意的美,这份美,可以感知,可以蔓延,可以应对生命的各种纷扰,虽然只是暂时的——也许,就是因为这个原因,我才会每天痴迷地流连于它的大街小巷。

波尔图的第三天——风,似有似无,阳光清浅,不甚明朗,但足够抚慰人心,我照例在老城中漫无目的地穿行,一抬头,不知不觉地走到了海边一家餐厅的门口。

其实,我是被餐厅后面那条幽深、狭窄的小巷吸引来的,虽然这些天不知走过了多少这样的小巷,但是每看见一个新的,还是忍不住探头探脑,跃跃欲试,只是眼前这条小巷,黑沉沉的看不到头,我正在犹豫是不是要进去看看。

"你好,愿意坐下来和我们喝一杯吗?"一个愉快的声音在向我打招呼。

我回过头，说话的是个戴礼帽的欧洲中年人，但是那眼神，又分明像一个调皮的顽童，他身边是一个俏丽的亚洲女生，很温顺的样子，一径微笑着，两个人坐在餐厅外的一张大桌子旁边，桌子上放着两杯白葡萄酒。

我没有无缘无故和陌生人共饮的习惯，特别是一对情侣，我夹在中间是不是有点唐突？再说，我还是想进那条小巷看看。

"坐吧，这家的白葡萄酒很棒呢，我们请你，我叫卡米洛，这是我女朋友乔伊！"

卡米洛说着，熟练地打了个响指，不一会儿，好大的一杯白葡萄酒被老板娘亲自端出来——一位黑眼睛，巧克力皮肤的中年女人，她的眼神中有种很神秘的东西，我还没有看仔细，她就转身离开了。

"哇，看见没有？老板娘喜欢你，这一杯是人家的两杯呢！"卡米洛笑着说，好像我们已经是认识了好多年的老朋友。

我还没来得及回答，卡米洛突然微微抽动鼻子，一脸神秘的样子："哎，这空气，像巴黎，你们闻闻，有点潮湿，有树叶的味道！"

我和乔伊相视一笑，树叶的味道其实哪里都差不多，但是这个中年大叔竟然如此文艺，迅速把大家的频道调到一起，我坐在那里，轻啜一口甘美的葡萄酒——人生在这一刻，变得无比美好。

"晚上来看我的演出？"说着，卡米洛递过来一张小小的海报。

"我唱给你听,都是我自己创作的音乐,你一定来呀,凌晨一点演出开始!"说着,卡米洛摇头晃脑地唱起来,他的嗓音不是我的菜,但是那曲子轻快柔和,而且是即兴创作,唱的是我们的相遇,他边唱边用手指在桌上敲打着节拍。

"刚才是我先看见你,我就对乔伊说,这个人有点意思,我要认识她!"卡米洛唱完,对我举了一下他手里的酒杯。

认识卡米洛还没几分钟,已经让我眼花缭乱,我有点窘迫地笑着,连社交的基本礼仪都忘了,只是傻呆呆地坐着,空腹喝酒,有点晕晕然、昏昏然,身体似乎飘出灵魂,却也自得其乐。当着自己的女朋友恭维另一个女生,这份坦白我还是第一次碰见,我看了一眼乔伊,她还是安然地坐在那里,脸上带着礼貌的微笑,没有一丝风吹草动,那份淡定,和卡米洛的性格形成鲜明的对比。

我开始和乔伊用中文交谈,才知道他们俩认识也只是几个月而已。

"我叠的千纸鹤,给你的!"我和乔伊聊得正欢,卡米洛递给我一只他用纸巾做的千纸鹤。

我接过千纸鹤,心中的感动,竟然无法用语言表达,叠千纸鹤,大概是在我幼儿园的时期了,但是被人郑重其事赠送,还是第一次——卡米洛是个很敏感的人,我和乔伊用中文聊天,明显地忽略了他,一只小小的千纸鹤叠进了他的心事。

"我认识乔伊纯属偶然,三个月前,我在成都演出,晚上无聊,就在一个社交网络平台上发了个信息,希望找个距离3公里的人聊聊!"卡米洛笑着说。

"当时我在香港,距离3千公里,我就问他,我飞过来好不好?"乔伊有点羞涩地看了卡米洛一眼。

我瞪大眼睛听着他们讲,再次感叹人生的多姿多彩,永远比小说更加令人神往。

"我今年整个夏季在欧洲做3个月的巡演,我想有个伴儿,她就辞职从香港来了!"卡米洛大大咧咧地说。

就是这么简单!一个孤独的夜晚,一个不抱什么希望的信息,一个偶然的回应,两个人的命运从此连在了一起,从成都,到香港,再到巴黎,然后在波尔图一晚的演出,然后有了今天,我们这天南地北的三个人,就这么云淡风轻地坐在一起喝着葡萄酒。

几杯酒喝下去,卡米洛的人生我已经略知二三,他出生于阿根廷,有亚裔血统,父母从小把他送到巴黎,后来他喜欢上了音乐,做了一个歌手。

"我家在巴黎,确切地说是我的公寓在那里,一生行走四方,片刻停留之后,还是想走,但是最近想结婚了!"卡米洛若有所思地说。

"这是你们俩的缘分,恭喜!"我发自内心地祝福他们。

"不一定,我这个人难说,我只能说现在我是这样想的,现

第二章 波尔图之恋

在的我喜欢和乔伊在一起!"

卡米洛的话,再次让我震惊,这个人,真是惊人的坦率,他只活在当下,只是他们的故事,我不想知道得更多,有时候,那会是一种负担——我喜欢不彻底的人和事,没有结局的故事——生活的神秘感。

我站起来,走到餐厅里面,悄悄结了我们三个人的账。在前台,我无意中看到一叠卡米洛演出的小海报,我拿了几张,然后出来,向他们俩告别,

"谁让你结账的?你要走,我们也走了,晚上过来看演出,我请你喝酒,现在我们一起走!"卡米洛站起来,有点霸道地对我说。

"晚上去不去,我不敢保证,你知道,太遥远的未来我无法计划!"我对卡米洛笑着说,他也还了我一个心照不宣的微笑,这句话,来自我们都熟悉的那个老电影——《卡萨布兰卡》。

这会儿,阳光穿破晨雾,照亮了整个波尔图。层层叠叠的光影,透过绿茵茵的树叶洒在我们身上——一种懒懒的、暖洋洋的感觉。我们三个不约而同地向海边走去,远远地,我看见一个瘦瘦的身影在那里拉小提琴,面朝大海,旁若无人。这个城市,到底有多少令人回味的故事在上演?

就在这时,我们身边,走过一群说说笑笑的欧洲女孩子,我突发灵感,把手里的海报递给其中的一个女孩,指指卡米洛,大声说道:"大家看啊,伟大的音乐家就在此地,今晚去看他的演

出吧!"

　　人群中顿时发出一片尖叫,女孩子们把卡米洛团团围住,我拿起手机,示意他们站在一起,卡米洛有了从天而落的舞台,自是无比欢喜,他蹲下身,夸张地伸出手臂,动作熟极而流,那群女孩子也立刻配合他做出各种姿势,我迅速按动相机快门,拍下了这一瞬间的默契。

　　时光的阡陌上,我们可以邂逅一朵含露的野花,一片滴水的树叶(不管它是不是巴黎的味道),一颗偶然碰撞的心,一个信马由缰的灵魂,而每一次的相遇,都只是茫茫天地间的一个对视——虽历经沧桑,却依然温暖如初。

　　"愿你走出半生,归来仍是少年!"致我的朋友——D.卡米洛。

第二章 波尔图之恋

Hi！克莱尔

有一些日子，是真正属于月亮的——比如，离开波尔图前的那个夜晚。窗外，是黛青色的天幕，失焦的世界里，一弯淡淡的新月，安静地悬挂在那里。

交谈终止，笑声隐匿，白天的喧嚣已经散去，老街上有隐隐的汽车驶过的声音传来，这声音此刻显得如此遥远——我在自己的小房间，缩在味道清爽的被子里，一杯波尔图甜酒在手，听巴赫的《降E大调奏鸣曲》——长笛如慢镜头，拉长身影，缓缓回放，我喜欢长笛——那是一种有故事的乐器，一旦命运之弦把一个人和长笛缠在一起，一辈子便难逃它的掌心，总会有一段娓娓道来的故事，让你侧耳倾听。

卡米洛白天送给我的那个小小的千纸鹤，此刻就在电视柜上摆着，旁边是那张印着他头像的海报，上面写着演出的地点，时间是凌晨一点——真是！我叹口气，这应该是世界上最晚的演出了吧？凌晨一点，上一次看见这个约会的时间，还是在《欲望都市》这部美剧里，浪漫调皮的艺术家亚历山大邀请凯莉在凌晨一点去他家赴一场俄罗斯式的夜宴，然后一起去看一个展览——但毕竟，那是一个编出来的暧昧故事。

去还是不去？我犹豫着——不去，我可以安安心心地睡觉，明天在波尔图好好逛一逛；去呢，我可以给刚刚认识的朋友一个惊喜——分手前，卡米洛和乔伊都跟我说今晚见，他们坚定不移地相信我是一定会去的。

干脆，就让巴赫决定吧！我突发奇想。在这个月光皎洁的夜晚，在这个古老神秘的城市，巴赫的音乐如同一股穿过时间隧道的清风，悠长，温暖，而我，就像一只偶然栖落在树梢的小鸟，收起羽翼，静静聆听，不想再飞——我是一个在夜间容易醒来的人，如果正好是一点左右，那么我就去卡米洛说的那个酒吧，想到这儿，我的心安定下来。

一觉醒来已是早上九点，不知是因为这几日的奔波，还是巴赫的音乐，或者是昨夜窗外那一轮让人心醉神迷的月亮，或许，是这一切的总和，我居然一夜无梦地睡到现在。

电视柜上的那个小小的千纸鹤，似乎一夜之间变小了，一副萎靡不振的样子，我想起卡米洛，心中有点隐隐的负疚，但与此同时，又觉得心安理得，我做出的是真实的选择——没有刻意取悦别人。

波尔图的最后一天——无论我多么恋恋不舍，它还是到来了。这一天，时间好像特意为我放慢脚步，我看了街头艺人的表演，又在一个餐厅听老板为我弹奏了吉他，品尝了世界上最美味的奶酪蘑菇；然后出门，拐进一条小路，没走多久，就看见一家小小的肉食店，鬼使神差地走了进去——那里挂着的，是我在西

第二章　波尔图之恋

班牙、意大利都尝过的帕尔马火腿，色泽嫩红，脂肪分布均匀，入口即化，令人回味无穷。肉食店的老板是个个子高高的葡萄牙小伙子，正在和一个老顾客寒暄着，见我进来，顺便切下一片薄薄的火腿递给我品尝，一句多余的话都没有。

酒酣耳热，步履踉跄，我在波尔图的老街上继续我的流浪，我要抓紧每一分钟，好好看一看这个让我依依不舍的城市，我想起冯唐的一篇文章——《择一城终老》，他在列举了世界上众多迷人的城市之后，最终选择的是——北京。而我，始终没有找到属于自己的那个终点站，也许，行走四方的血液已经在我身上流淌得太久——而波尔图这个城市，却让我有了停下脚步的念头。

明天就要离开了，我还有什么遗憾吗？我问自己，对了，遇到卡米洛的时候，我本来是想看一看那家餐厅背后那条幽深的小巷的，结果一场偶遇让我的计划落空——作为一个方向不清的人，我当然记不住那家餐厅的名字，然而几天漫无目的的行走，也让我有了几个自己的坐标，何况那家餐厅就在海边。

一条幽深、曲折、光影暗淡的小巷终于出现在我的眼前——似曾相识的一个地方，瘢痕累累的雕漆木门，四处涂鸦的墙壁，凹凸不平的石子路，突然，我眼前一亮，几张铺着明黄色台布的餐桌从天而降，配着绿色的椅子，给这黑沉沉的巷子顿时增加了一丝明亮的色彩，一个身材苗条，穿着蓝白花裙子的女孩正在那里一个人吃饭。

这个女孩不由得让我驻足——如同音乐一样，不经意间，你被一串神秘的音符吸引，凝神静听，整个人为之一震。那感觉就像此刻，漫步在这个曲径通幽的小巷，突然有那么个人出现在你的视线里，那飘逸出尘的气质，让你为之侧目。

女孩子虽然背对着我，但我还是猜出她是亚洲人，她正在起劲地拍照，一副自得其乐的样子，一会儿拍一张盘中餐，一会儿对着镜头来个45度的侧颜杀，一会儿停下来，慢慢啜饮一口葡萄酒——换了我，一个人在这寂静的巷子里吃饭，恐怕就有点不安，她似乎和我一样，也对这个老城情有独钟。

我在她身后的一张椅子上坐下来，点了一杯葡萄酒，女孩转过身，对我绽开一个礼貌的微笑——果然是一个亚洲姑娘，面目清秀，浅笑盈盈，而眉宇间，又分明有一种走南闯北的豪气——两个亚洲女生，各自坐在自己的位子上默默吃饭，而且是在这么一个古巷幽深的异国他乡，有点怪怪的。果然，没有一会儿工夫，女孩站起来，走到我身边，微笑着问我："中国人？"

她的口音嗲嗲的，我们俩聊了起来，她自我介绍，她叫克莱尔，已经在欧洲旅行了3个月，而波尔图，是她此行的最后一站，明天，她就要回台湾了。

克莱尔说着，眼睛里闪过一丝惆怅。

"3个月！"我惊讶地看她一眼，一个单枪匹马的女生，一个人，居然在欧洲游荡了3个月。

克莱尔告诉我，为了这次旅行，她已经疯狂地、没日没夜地工作了两年（她在一家跨国电脑公司做运营经理），攒够路费之后，她果断辞去工作，一个人就出来了。

"我喜欢旅行，真的，不是一般地玩玩，我很认真，提前做攻略，制订计划，执行计划，写下一天的经历，上传'脸书'，我知道没有一个公司会给我3个月的假期，所以只好辞职，我想，三个月游荡之后，也许我会对未来自己到底想做什么，有个明确的想法！"克莱尔一口气说下去，真是个性格可爱的女孩，毫无保留地对我说出了她的心事。

"那么，现在想清楚了？"我饶有兴趣地问。

"更糊涂了，根本不想回家，可是现在一贫如洗，不回去又怎么办？"克莱尔说着，大笑起来。

我们俩就这样漫无边际地聊起来，克莱尔给我看"脸书"上她的旅行日记，密密麻麻的，每天有详细的照片和文字，其中有一部分是这样写的：

[7/19 葡萄牙—波尔图]

清晨三点半起床，四点出发，搭火车去机场前往葡萄牙波尔图。

临时决定这个行程，所以机票有点贵。

没有买托运，扛着一袋小行囊就出发了（结果扛到肩膀受伤）。

太早起真的超累，在飞机上睡死。

搭地铁先到住宿，地铁好干净，让我有点意外。

不得不佩服自己，在短时间内选到的住宿。

不但位于所有景点的中间超级方便，还是我住过算非常不错的酒店。

八个女生一间房，一晚只要台币六百元！

先走到圣本笃火车站，里面的砖墙超美。

两万多片瓷砖拼凑出一幅幅美丽的画丰富的故事。

这像青花瓷的瓷砖，白底蓝图，跟荷兰的好像啊。

原来这里的花砖是荷兰传入的，后来巴西移民也有带一点元素改变它。

慢慢转换成今天看到的花砖。

很多房子瓦墙都贴满了花砖，好喜欢这种复古味儿。

这城市实在不大，但上坡下坡真的快累死我。

这里风景不像西班牙那样多情浪漫又艳丽。

反而有一种怀旧复古，毕竟是个古都。

这里人民不像西班牙那样好多像海盗的人在路上到处走。

反而是有纯朴乡下的单纯感觉。

我读着她的文字，欣赏着她精心拍下的照片，很细致，很具体，可是这些，确实不能当饭吃，是谁说的？"世界上有味之事，包括诗歌，酒，爱情，往往是无用的，吟无用之诗，醉无用之酒，读无用之书，钟无用之情，终于成一无所用之人，却因此活得有滋有味。"

我想，如果一定要按有用和无用来分类，旅行，也应该算是"无用"中的一项吧，可是为什么，偏偏就是这些无用的事情让我们沉迷其中，不能自拔？明天，我们都要启程，回到各自熟悉的世界，我有隐约的惆怅，也有些许期盼——我们走过的路，我们读过的书，我们经历的那些点点滴滴的小事，将会一点点融进我们的血液，渗透我们的灵魂，再次回到尘世间的我们，比如克莱尔，三个月的欧洲漫游之后，将不会是从前的那个克莱尔。

"我要去爬克莱瑞科塔了，要不要一起？"克莱尔站了起来。

我摇摇头，同是天涯游荡之人，我们又是如此不同，所有的地标，克莱尔都要一丝不苟地去打卡，而我却散漫而随性，她说的这个地方大概要爬230级台阶，我可没有那个体力和耐心。

小巷尽头，透出一缕缕日光，从那里出去，就是海边了，克莱尔的身影渐行渐远，她那件蓝白花的连衣裙随风飘起，和波尔图的青花瓷色彩是如此相配，也许，她是特意以这种方式，来纪念波尔图，纪念她三个月的欧洲之行的最后一天。

"月亮下的湖水

飘着一朵红色的云

远处飘荡的船

越过远山越过荆棘

行走的人匆匆忙忙

脚下的路悠远悠长"

周一半的歌词,总有一丝淡淡的惆怅——我想说:

"Hi! 克莱尔,两年多了,你还好吗?"

第二章 波尔图之恋

吉普赛之魂

我该如何向一座城市告别呢?

这是我在波尔图的最后一天。四天以来,我像认识一个朋友一样慢慢了解了这座老城,它的脾气,它的个性,它的喜好,我享受着那个接受与被接受的过程,我开始熟悉它蜿蜒曲折的老街,老街上寻寻觅觅啄食的鸽子——一群敏感的白色精灵,陌生人走过,它们会拍拍翅膀,绕一个圈子,待人走巷空,又回到原地。清晨的薄雾中,鸽子的哨音穿过古巷忧郁的天空,然后,从巷子深处灰暗的光影中,会走出一个踟蹰独行的老人,以一种历经风尘的姿态——波尔图的老人似乎格外多,随处可见,或坐在某个古旧的大门口,低头沉思,或在某一个咖啡馆,静静地看着报纸,他们是这个老城的一道风景,一幅凝固的画面。

一个咖啡馆的老板告诉我,这些退休的老人收入很低,大部分时间并不消费,一坐一天,老板不但不会收费,而且还会送上一杯水。对待老人,这个城市有一份特殊的温情,比如,那些年久失修的老房子,并非业主出不起钱装修,而是政府对租房子的老年人有特殊的待遇——不允许业主涨租金,价格还是维持在几十年前的水平,这样,业主当然没有兴趣装修,这就是我一下飞

77

机就闻到空气中有腐朽的木头味道的原因。

我就这样在波尔图漫无目的的流浪,有时,我会随便搭上一辆双层敞篷游览车,不问路线,不听耳机里的介绍,只是坐在顶层某个角落里的座位上,任凭车子晃晃悠悠地在老城中兜着圈子,枝叶编织成明暗交叉的绿色帘子,轻轻掠过头顶,偶尔挂住我的一缕头发,我就这样迷失在这缓缓移动的世界里——别人下车看风景的时候,我在那里纹丝不动——我还应该看什么呢?我已经在这个城市最古老的咖啡馆(建于1921年)——奥莫格拉乌(Majestic Café)喝过咖啡,那是从前葡萄牙艺术家们的聚集地;在世界上最美的莱罗书店拍了照片;也欣赏了圣本托火车站里由两万多片青花瓷砖拼出的一段段美丽的故事——可是,不知为什么,这些,并没有给我留下多少印象。

坐在高高的双层游览车上,可以俯瞰整个世界,而我,却一味地痴迷于波尔图每时每刻变幻着的光影,让人有种被催眠的感觉,一切或明或暗的恼和愁,或轻或重的伤和恨,都在光影中遁形。

一天早上,从轻盈的淡蓝色光影中,翩然走出两个身着黑色长袍的牧师,一男一女,两个人都很年轻,在和一对老人热烈地谈着什么,彼时,一道暖色调的淡黄色光线温柔地照在他们身上,好像无影无形的上帝本人突然神秘现身,参与了这场谈话——这一切,像极了某个电影中的镜头,一晃而过,但又让人难以忘记。

第二章　波尔图之恋

波尔图，一个感性的城市，很难让人对它做出理性的分析和解释——不记得在哪里读过一句话："有些美好之所以美好，可能本身就是因为无理智，非世俗，不那么现实，就是因为它的这种难以捕捉的美，让人为之心动，为之着迷。"

游览车上也会有片刻的邂逅，漫长的午后，车上的游人寥寥无几，司机有时会放一段音乐——幽怨，失落，令人难以呼吸，但是那凄美的旋律，却又令人忍不住侧耳倾听，当时我身边正好坐着一位葡萄牙中年女士——温和，优雅，安静，认真地回答我的问题，她告诉我，这就是葡萄牙最著名的法朵音乐，法朵这个词来自拉丁文，意思是"命运"，在那古老的年代里，每当夜晚来临，狭窄的小巷中就会传来这哀怨的歌声，伴着令人心碎的吉他，空灵动人——法朵，就是一声声永恒的叹息，波尔图是一个音乐之乡，到处可以听到法朵音乐，时间长了，这个城市就会笼罩在一层淡淡的忧伤之中。

我曾经路过一家小首饰店，一个蜜色皮肤的葡萄牙女孩正哭得梨花带雨，她那悲伤的姿势也极为美妙——身体前倾，头微微上扬，手臂举起，就像是在演《茶花女》，一切自然而然，不是我没有同情心，但这的确是我见过的最美的眼泪。路过的行人立刻停下来问长问短，全是葡萄牙人，他们用眼神制止了我们这些外国人好奇的目光。我不甘心，还是要问个明白，后来才知道是一个外国游客生气时推翻了她的首饰柜台。

这就是波尔图，每一条街道，每一扇窗口，都折射出不一样的人生，都有一个自己的故事。

早上，晨光熹微，我会走出酒店，随便选一条街道，开始我一天的游荡——平静，愉悦，没有期待，没有计划，就像一条小河，不会提前计划自己的方向和到达的终点——我曾在熙熙攘攘的街上看到一个奇怪的艺术家，一身蓝布旧衣，一双破旧的皮拖鞋，一顶不知经年的绒帽，手里的旧匣子上安坐着一只灰色的鸽子，主人用自己的面颊温情脉脉地抚弄着鸽子的翅膀，与此同时，从那个神奇的匣子里缓缓地掉出一张又一张的旧纸，从那些纸里，居然发出美妙柔和的音乐。

艺人的右边坐着一个小孩子，也是一顶旧帽，一双旧凉鞋，一件老式蓝格子衬衣，安静地读一本童话书，头也不曾抬过，好像身边发生的一切，和他没有半点关系；艺人右边的椅子上坐着一个面目悲凉的提线木偶——这一家子，以老墙为背景，组成了一幅奇异的画面，单看他们，我已经仿佛回到15世纪的葡萄牙，那个古老、迷人的年代。

艺人对游客似乎没有兴趣，给不给钱也不重要，他只是沉浸在自己的音乐中，沉浸在和那只鸽子的窃窃私语中，我在那里站了很久——这曾经是个非常英俊的男人，但是从他的面孔来看，是经历过一番人生的风霜的，他到底是谁呢？为什么会有这个孩子？而那个怪怪的提线木偶又扮演着什么角色？

我凝视着那个造型怪异的提线木偶，它让我想起电影《维罗尼卡的双重生命》。第一个维罗尼卡献身于舞蹈事业，把生命献给了舞台,在舞台上站到了最后一刻倒下,而第二个维罗尼卡此时却选择了爱情,她的爱人是木偶师,他说每次做木偶都会做两个一模一样的,这样一个坏了,另一个还能用。

世界上是否有另一个自己存在呢?走着与自己不一样的道路,做出不一样的选择,过着两种不一样的人生。这是一种解释,另一种解释可以看成木偶一生被人操控,最终挣脱了束缚,获得了自由。

可是这个奇特的街头艺术家,我将永远不会破译他生命的密码。

转过一个街角,又是一个街头艺术家,一个优雅知性的女孩子在安静地拉手风琴,那种专注与投入,让我不由得停下脚步——为什么要在大街上演出呢?如果是为了糊口,总会有其他的办法,如果为了练习演出的现场感,也可以换一个更得体的地方——毕竟,这是在大街上,一个单身女子,脚边摆个放钱的匣子,专心致志地拉琴,这份勇气,又是怎么来的?

我也许永远得不到一个准确的答案,人海茫茫,每个人都有别人未曾体验过的沧桑,每个人都在寻找让心灵安宁的那片净土,每个人都在做着属于自己的那个梦。很久之前,我就听过一句话——"歌者非歌",只要艺术本身能感动你,就已经足够,每个人内心深处的秘密,就让它们潜伏在那里好了。

就在这熙熙攘攘的街上,我也碰见过一个正襟危坐、安然入睡的亚洲人,身板挺直,一动不动,眼睛闭着,怡然进入梦乡，这份身处闹市中的镇定与安详，又需要怎样的一番历练和修行呢？

在波尔图，永远不用担心吃饭的问题，如果饿了，看看四周，总会出现一个让你意想不到的餐厅或者咖啡馆，我曾因为无意中瞥见的一个摆满吉他和各种乐器的窗口而驻足，推门而入，竟是一个刚刚开业的餐厅，没有几张桌子，一个客人没有，乐器倒是不少。主人是个中年葡萄牙男人，见我进来，也没有特别的热情，只是微微一笑，让我随便坐——有些地方就是这样，你一进门就不想动，只想坐在那里，安静地待一个下午，我要了一杯白葡萄酒，喝酒的时候，餐厅里响起了音乐——又是我熟悉的法朵。

我和主人聊了一会儿，得知他自己就是一个音乐家，会作词，作曲，演唱，开这家餐厅也是自娱自乐，招待朋友，我大着胆子，请他演唱一首自己创作的歌曲，没想到，他居然答应了。他坐到窗前，抱着吉他，轻拨琴弦，开始慢慢吟唱一首古老的葡萄牙民谣。他的声音完全和本人对不上号，无比优美，纯净。一边的侍者，悄然给我送上一盘烤蘑菇，轻声告诉我，这是老板嘱咐厨师给我做的。

我坐在那里，有一种要流泪的冲动，眼前的一切，仅仅是因为我偶然的一瞥，偶然的经过，和主人也没有过多的交流，却仿佛冥冥中的某种约定，或者命运，把我带到这里，一切来得自然而然。

第二章　波尔图之恋

　　曲终人散，无论眼前的一切多么令人留恋，我知道，我终究还是要离开的，这就是偶遇的秘诀——相遇，离开，再相遇，再离开，然后把所有的记忆装进一个秘密的瓶子里，偶然打开，沉醉其中。

第三章　冬夜旅人手记

寻找极光之旅

2020年的整个冬天，我都在挪威的北部游荡。

"游荡"这个词用在我身上特别恰当，我一向不善于计划旅行，而且目标模糊，方向感又差得惊人，还特别喜欢独来独往，每次决定去一个新的地方，都是一刹那的冲动。

每年从四月到十月，对于很多挪威人来说是最舒服的季节，高纬度地区的夏天，满目绿色，日光悠长，有时夜里十一点我会心血来潮地出去走走，那个时候，整个卑尔根被笼罩在一层神秘的、半明半暗的光影之中，太阳的余晖和姗姗来迟的月光交织在一起，给天空涂上层层叠叠的淡金和灰亮的色彩，我有时会痴迷地看上半天，直到天黑。只是，不管一个城市有多美，住久了还是时时有被囚禁的感觉，今年无论如何我得去个新地方走走，要不然这样待下去我真的怕自己会疯了。

第三章 冬夜旅人手记

转眼到了十月,走在卑尔根的街道上,每天都会有大片的、金黄的树叶飘落下来,夏天连个招呼都没打就溜了。一夜之间,整个城市雨水连绵,寒气袭人。挪威人最感兴趣的话题就是天气,光是天气预报就有好几个频道,众说不一,如果你对某个频道的预报感到绝望,不妨转到另一个频道试试运气。卑尔根的秋天是一年中最不讨人喜欢的季节,雨水偏多,气温骤降,人们的脸上开始失去夏天带来的笑容。

再过一个月,就接近冬天了,我对北欧的冬天一直有一种痴迷,特别是挪威,天空中有一种特别的光,不管你在哪一刻抬头看天,都会有一种惊喜。我曾经在早上八点看到过一轮碧蓝晶莹的月亮高悬于天际;晚上八点多的时候,那轮月亮又躲在厚厚的云层之间,发出暗红的光泽。何况冬天还有北极光,只是卑尔根在挪威的西部,我从未见过,每次冬天来挪威,都想去北部寻找极光,可是听说这个北极光如神龙不见首尾,不是随时可以看见的,要在特别晴朗的天气,而且必须避开城市的灯光,最重要的还是——运气。

挪威最适合看北极光的城市就是特罗姆瑟,这是所有挪威人一致公认的。要不然,我就去特罗姆瑟碰碰运气?我想,也许命运把我滞留在挪威这么久,就是让我能够看到这神秘的、向往已久的北极光呢!

北极光,按照物理学的解释,是出现于星球北极的高磁纬地区上空的一种发光的现象,由来自地球磁层或太阳的高能带电粒子流,即太阳风,使高层大气分子或原子激发而产生。这个解释也许是最科学的,自然界很多扑朔迷离的现象,大都会有一个冰冷的、科学的解释等着你,可是我们真的那么急着知道谜底吗?假如这世界上的一切都有答案,岂不是太无聊了?

我倒是更愿意相信一些流传于民间的神话,比如,极光(aurora)传说是希腊神话中"黎明"的化身,是希腊神泰坦的女儿,是太阳神和月亮女神的妹妹;而古时芬兰人相信北极光是一只狐狸在白雪覆盖的山坡奔跑时,尾巴扫起的雪花一路伸展到天空;而萨米人(居住在挪威北部)则相信北极光是幽灵们在他们的乐园骑马奔跑时受伤后留下的血迹。

这是一场说走就走的旅行,目的地——特罗姆瑟,目标——寻找北极光。在我的旅行生涯中,还从来没有过如此清晰的目的,我真的能看到北极光吗?不知道,就像很多事情我永远得不到答案一样,我喜欢感受未知、不确定、看似清楚但又一团模糊的一切事物。

2020年10月1日,我从卑尔根经奥斯陆飞往特罗姆瑟。那时我已经整整七个月没有飞行,创了我本人的纪录。机场的一切,既陌生,又亲切——换登机牌,托运行李,查询航班的登机口,在咖啡店点一杯热巧克力,边喝边看朋友圈的动态——巨大的玻璃窗外,清晨的第一束阳光静静地倾泻进来,一点点照亮了机场浅灰色的地板,设计精巧的同色系座椅,对面坐着的挪威姑娘,一头浓密的金发也染上一层柔和的光泽;咖啡的香味扑面而

第三章 冬夜旅人手记

来——一切仿佛回到从前，如果不是看到有几个旅客戴着口罩，我一时竟忘了这是疫情期间。

特罗姆瑟——因为它的地理位置，又被称为"北极之门"，从这里，可以坐飞机到达位于北极圈的斯瓦尔巴。走进我订的Clarion Hotel The edge，我以为来到了欧洲的某个大城市，伦敦或者巴黎——酒店的大厅明亮、宽敞，巨大的落地窗，流线型的天花板，漂亮的水晶灯，唯一能让我感觉到有点北极风格的是那个硕大的北极熊塑像。

从房间的窗户向外看去，整个城市精巧、优雅、别致。大海风平浪静，夕阳勾勒出远山的魅影。酒店地处市中心，到处是洋溢着异国风情的啤酒屋、酒吧、餐厅，我实在看不出这个城市和北极光有什么关系，在我的想象中，北极光——那只能是在一个神秘、幽暗的地方才能看到的。

"今天晚上就有一个小团，去看北极光，你想去的话，现在我就可以帮你报名！"前台的挪威女孩微笑着对我说。

"啊？当然，赶快报吧！我就是来看北极光的！"我兴奋地催着她。

"别急，晚上七点他们有车过来接你，你要多穿衣服，你们去的地方比较远，会很冷的！"女孩边说边飞快地在电脑上替我报名。

"你觉得今天晚上我们能看见北极光吗？"我急切地问。

"这个嘛，今天天气不错，导游很有经验，知道哪里位置最好，但是谁也不敢保证呢！"

等待总是漫长的，在北欧，我不止一次地感觉时间比别的地方似乎要慢。离晚上七点还有三小时，这三小时中，我先去了特罗姆瑟著名的公共图书馆，这是我见过的最漂亮的图书馆，是由一座老剧院改建而成，巨大的玻璃窗，光线充足，设计充满现代感，大家自带饮料，坐在舒服的靠椅上读书，写东西。管理人员告诉我，一切都是免费的。我在图书馆的各个楼层慢慢穿行，仔细读着书架上英文书的目录，深深呼吸着淡淡的书香，有种特别的满足，挪威是个很重视图书馆的国家，但是相比之下，奥斯陆的图书馆太庞大，而卑尔根的又有点压抑，倒是特罗姆瑟这个图书馆深得我心，一下子就让人有种归属感。

我在酒店旁边一家比萨店吃了一份有生以来最棒的素食披萨，光是那个五彩缤纷的蔬菜就已经俘获了我的胃，比萨小哥又是个健谈的人，滔滔不绝地给我介绍特罗瑟姆——这个城市因为是挪威北部最大的港口城市，自古以来就以贸易闻名于欧洲，每年来这里的游客、商人绝不亚于首都奥斯陆。吃完比萨，他又建议我去麦克酒吧品尝特罗姆瑟的啤酒，出租司机听说我是去喝啤酒的，立刻兴奋起来，告诉我这个城市光是精酿啤酒就有450多种！

等我晕晕乎乎从麦克啤酒屋出来的时候，一股寒气扑面而来，我不由地打了个冷战，夜色如同一块黑色的幕布，笼罩了整个小城，走在回酒店的路上，千万盏灯火瞬间亮了起来——在这个城市真的能看见北极光吗？我实在不敢太乐观。

酒店门口停着一辆白色的面包车，一个司机模样的挪威人站在那里似乎在等人，我走上前去。

"去看北极光的是吗？"我问。话一出口，我已经感觉到了一种莫名的幸福，这辆普普通通的面包车，将会让我看到梦寐以求的那个神秘的北极光！

车厢里已经坐了三个人，一对情侣，男的是德国人，女的是比利时人，另外一个男生和我一样，也是从卑尔根飞来的，叫罗伯特，罗马尼亚人，罗伯特告诉我们，他在卑尔根的一家餐厅做二厨，前一天上午还在厨房切菜，切着切着，灵光一闪，觉得应该去特罗姆瑟看北极光，于是，请假，订机票，订酒店，当天晚上就飞来了！

面包车在大家的说笑声中驶向特罗姆瑟迷人的夜色中，我们在渐渐远离灯火通明的城市，窗外的灯光越来越少。我们的司机兼导游彼得大声说："各位，有没有发现我们其实是个小型联合国呢？每个人都来自不同的国家，我是挪威人，我会尽量把我的国家代表好，我们今天晚上会到郊外的一个营地，我在那里看见过很多次北极光，希望大家今天走运，今天的天气虽然很好，但是北极光就像个神秘的幽灵，说来就来，有时候万事俱备，偏偏它就不来，所以啊，我们只能祈祷了！"

北极光的召唤

夜幕低垂，四下里静得出奇，眼前漆黑一片，我们分明是被拉到了荒郊野外。几分钟之前，我们的车还在灯火通明的特罗姆瑟夜色中飞奔，我们几个刚认识的新朋友还在讲着各自的故事——罗马尼亚来的罗伯特神采飞扬地谈起他在巴西的圣保罗大街上和卖小吃的当地人学手艺的故事。这会儿，我们突然在一个伸手不见五指的地方停了下来，真让人不寒而栗，我想起某个恐怖电影中被绑架的镜头。

司机兼导游彼得敏捷地跳下车，说了一句："到了，大家下来到我这里取衣服！"我还傻呆呆地坐在车上发愣，他们三个已经迅速下了车，到后车厢彼得那里各自领了厚厚的连体棉衣裤，利索地套在衣服外面，那对情侣动作尤其迅速，三下两下就穿好了衣服，用手机的电筒照明，开始往一个山坡走去。

彼得冲我喊："嗨，中国人，你不穿棉衣吗？回头冻死你！快下来拿衣服，我得去生火了！"

罗伯特也套上了那厚厚的连体棉衣裤，整个人显得格外臃肿。我并不觉得有多冷，为什么大家穿得就像进入北极圈似的？毕竟也才十月初嘛。

第三章 冬夜旅人手记

彼得把衣服往我手里一塞,然后手脚利索地从后备箱取出一堆木头、野餐桶,小心地把面包、香肠、番茄酱、塑料餐具装进去,然后用一个大得惊人的背包把所有东西装在里面背在肩上,砰的一下关上车门,大步流星地追上了那对已经登上山坡的情侣。

天际线上出现一抹神奇的深橘色,在黑沉沉的夜色中显得如此惊艳,我真奇怪他们几个为什么都急着赶路,而无视眼前如此美妙的瞬间。这时,山坡的轮廓渐渐分明起来,他们三个站在那里,身影显得格外高大,仿佛走向永恒的巨人一般,我赶紧把这个镜头拍下来。

"我说,穿衣服走人吧,你还有心思照相啊?一会儿看见北极光让你照个够!"罗伯特终于沉不住气了,冲我喊道。

我慢吞吞地把那件沉甸甸的连体棉衣裤穿上,顿时觉得自己好像重了一百斤,走路都费劲。

我的天哪,这是个什么地方啊!一条凹凸不平的小路,下了山坡,是一片开阔的野地,荒草丛生,还好,彼得已经利索地把篝火升好了,变戏法一般地从他的大旅行袋里拿出两个小板凳,我赶紧拿了一个坐下,大口地喘着气,穿着这千斤重的连衣裤走路真的累死人。

一阵冷风吹来,寒气逼人,温度骤然下降,即使穿着沉重的棉衣,也还是感觉冷风在往脖子里钻。我把小凳子往篝火旁边凑凑,罗伯特也笑嘻嘻地站在篝火旁边烤火。那一对情侣远远地坐在一边，两个人非常有默契，少言寡语，动作利落，装备齐全，相机，手电，露营地毡，小巧的暖水瓶。在这四处无人的野地里，他们两个显得那么冷静，甚至有些淡漠，好像我们不是在等浪漫的北极光，而是在执行什么任务，埋伏在这里等着敌人的出现。

到底是军人，就是不一样，我记得刚才在车上的时候那个女孩说过他们俩是在阿富汗执行任务的时候认识的，到现在也是职业军人，他们是趁休假的时候开车从德国经瑞典一路到挪威，下一步他们要去北极圈。

彼得在不断地给篝火加着木头，在这茫茫黑夜，这点火真的不管什么事，但是那明黄色的火焰给人一种温暖的感觉，我喜欢火，冬天房间里壁炉中噼啪作响的火苗，野外这被风吹得一闪一闪的篝火——它仿佛发出一种召唤，你不由得向它靠近，不由得想亲近你周围的人，你会想起远古时期，人类刚刚发现火的时候，那是怎样的一种狂喜！

彼得支起烤肉架，把香肠、面包放上去烤着，他细心地做着热狗，把芥末酱、番茄酱涂上去，一股浓浓的香味传来，我不由得咽了一口唾沫。

"来，这里还有热茶，有咖啡，大家请随意！"彼得忙得不可开交，我想帮他做点什么，但又笨手笨脚地不知道做什么好。

我和罗伯特各自用纸杯倒了一杯咖啡，大口吃着热狗，在这四顾无人的野外，飒飒的寒风中，这热狗仿佛是世界上最美味的

第三章 冬夜旅人手记

东西。可是那对神秘的情侣就是不过来,他们不吃不喝,也不需要取暖,男的支起了三脚架,女的在试她的相机,两个人忙得不亦乐乎——一心一意地守株待兔般等着北极光。

每个人都带了相机、长镜头、三脚架,跃跃欲试地拿出一种要拍大片的架势。只有我,手里就是一个平时用的华为手机,我试着用夜景模式拍了一张,照片上什么都没有,完全是黑的。

"嗨,你别用闪光灯好不好?"那个女军人冲我喊。

刚才在车上她还挺友好的,到了这里我已经发现了她对我的不屑一顾,我动作缓慢,走路需要罗伯特扶着,甚至居然愚蠢到以为华为手机可以拍北极光。

"我就用怎么样?这个地方属于你吗?你花多少钱买的我听听!"我不客气地顶回去。

那个女的愣了一下,彼得赶快走过来,拿过我的手机,教我怎么用Pro里面的延缓时间拍摄,罗伯特也凑了过来,原来他虽然全副武装,但是也不是什么摄影高手,也想用手机拍。

一轮水洗过一般的月亮出现在天空,静静的,饱满,明亮,整个天空都被照亮了,我已经很久没有见到如此清晰、如此冰清玉洁的月亮。我看得出了神,它让我想起三年前在撒哈拉沙漠的那个夜晚,我们坐在铺在沙漠的地毯上,一边吃着摩洛哥的小吃,喝着酒,一边唱歌。那个夜晚,群星满天,月亮也是如此地美丽。

"彼得,看来今天是够呛了吧?月亮这么亮,北极光肯定是被遮住了!"一个冷冷的声音传过来,我回头看去,原来是那个德国人,看来他是侦察了一番地形,又拿望远镜考证了一番月亮,最后得出了结论,那种口气,好像没有北极光是彼得的罪过。

我突然有种要吵架的欲望,我正沉浸在美好的回忆中,被这个人一下子打断了,我们是来看北极光的,但是谁都知道没人给你担保,彼得已经把我们带到他觉得最有可能见到北极光的地方,他还挑剔个什么?

"大家快看,那是北极光吗?"罗伯特突然喊起来。

一抹淡淡的绿光,大概在我们吵架的时候,悄然出现在天际,在山坡和树影之间,那束绿光正缓缓漂移,然后又一点点地淡下去。天空中似乎有一只无形的大手,信手涂鸦般画出各种不同层次的绿,浅浅的、朦胧的、稀薄的、神秘的绿。

那个德国人疯了似的跑向他的三脚架,我拿起手机,调到Pro模式,按照彼得交给我的方法,迅速拍下了这一瞬间的绿光,啊!我的手机也能拍北极光呢!这就是北极光吗?它远不如在照片中看到过的色彩那么强烈,那么震撼,而且几分钟就消失了,但是那轮满月,月光下的田野,树枝在风中摇动的影子,温暖的篝火,却一点没有让我失望。

夏之岛

月光如水。

一轮鹅黄色的、圆润的满月,温柔地、静静地挂在深紫色的天幕上,并不在意是不是有人欣赏它。我们是来追北极光的,而那短暂的绿色光影,就如同一个梦,转瞬即逝。没过瘾是肯定的,回酒店的路上,大家默默无语,彼得连大气也不敢出,只是静静地开他的车。

"明天你去哪里?"罗伯特问我。

"没想好,就是不想离开特罗姆瑟,回去看看我的'脸书',我发现世界上最了解我的人就是它,根据我每天上传的帖子,它总是能推荐给我一些好的去处!"我笑着说。

"真倒霉,我报了两天的这个团,明天还得再来这么一圈儿!"罗伯特一脸的沮丧。

我真的服了,不能不说外国人做事是真的认真,就是看个北极光嘛,弄得跟完成什么工作似的,这么一来,就少了很多未知的惊喜和乐趣。

回到酒店,洗了澡,钻进舒爽光滑的被单里已经是深夜时分,我把窗帘开着,躺在床上,灯火通明的特罗姆瑟尽收眼底。

两个小时之前，我们还蹲在荒郊野外的某个角落里，苦苦等待着那一闪而过的北极光，这会儿重新回到文明世界，心里有点窃喜。就像当初我们去撒哈拉沙漠的那群女生，每个人都是因为大学时读了三毛的作品，一心一意地想去天涯海角流浪，结果真的到了撒哈拉，发现沙漠的豪华绝不次于五星级酒店，我们的帐篷里有床、地毯、卫生间、淋浴，早上有管家叫醒，早餐在帐篷外的大餐桌上吃，摩洛哥人已经把中国人的喜好摸得清清楚楚，有点商业化是真的。但是我相信，骨子里，每个人还是喜欢适度享受，如果真的身临三毛笔下的那个撒哈拉，估计大多数人也受不了。

打开我的"脸书"，突然跳出来一段关于Sommaroy（索玛若伊岛）的介绍。

这个岛顾名思义，又叫"夏之岛"，离特罗姆瑟大约36公里，岛上面积是0.36平方公里，人口只有300多人。据说岛上没有传统的时间，甚至没有钟表，人们不用从起床的一刻就马不停蹄地跟时间赛跑，受时间监督，而是优哉游哉地生活在无时间之地，吃饭睡觉全凭感觉。

哈，真有意思！还有这么个地方？我本来累得腰酸背痛，哈欠连连，这会儿睡意全无，把那篇文章仔细读完。

"夏之岛"在特罗姆瑟西部，是看北极光最好的地方，在世界大部分地区按照格林尼治时间运转的今天，岛上有300多名居民集体向议会提出取消传统时制，而且做得很彻底，甚至把家里的钟表拿来，聚在一起，当场砸掉。

这也太不像挪威人的画风了！挪威人遵守时间是有名的，约会晚到五分钟都要抱歉半天，这能是真的吗？别又是忽悠大家去旅游吧？但是文章介绍得很详细，而且有图片，不像是假的，而且，这个岛离得也不远，好了，就是它了！这个神奇的"无时间之境"——夏之岛。

第二天早上，吃完早餐，我叫了一个出租车，告诉司机我要去索玛若伊岛。

"索玛若伊岛？"那个司机转过头，一脸惊讶地看着我。

"怎么了？没这么个地方？"我有点紧张，本来我就觉得这个岛听上去有点悬，在这个时代，在这个地球上，哪里会没有时间，没有网络？

"当然有，只是我得告诉你，我们大概要开一个多小时的车，车费就要2000挪威克朗，你还是坐巴士比较合适，也就几十块钱，但是去那个岛上的巴士很少，要等，今天有没有还不知道，我可以帮你查！"他边说边拿出手机。

2000克朗！按照他说的距离，这个价格是正常的，而且挪威的出租车都是好车，不是奔驰就是宝马。只是这个价格还是有点离谱，赶上我从奥斯陆飞特罗姆瑟的机票费了。可是我最烦的就是等车，何况我还拎着个大箱子。

这个司机看上去人不错，为了帮我省钱，主动把到手的生意往外扔。

"这样好不好，您给我打个折，看能便宜多少，我已经上来了，就不想再折腾去汽车站了！"我拿出中国人最擅长的一手——砍价，按说在挪威是不会有人跟你讲价的，但是我打算碰碰运气，再说，失去我这个大买卖，恐怕他也会后悔。

"嗯，好吧，我就不用计价器了，就收你1600克朗好不好？我直接带你去岛上的酒店，那个岛很美呢，你总得住两天，回来的时候你一定要前台把返程巴士时间告诉你，千万不能再坐出租车了！"司机絮絮叨叨地说着，发动了引擎。

我们的车在特罗姆瑟郊外的青山绿水之间飞快地行驶，严格地说，这里的山并不是青色，特罗姆瑟地处北极圈以北，赤褐色的山的魅影倒映在碧蓝的海面上，一艘白色的帆船翩然飘过，随手一拍，都是大片的即视感，我把车窗打开，十月的秋风迎面吹过来，微凉，带着北方特有的青草、土地的气息，眼前，掠过一个又一个红色的小木屋，绵延不绝的草地，灰色的尖顶教堂——一种寂寞的美。

我还在想着司机的话，回来的巴士，我需要知道时间，不能再坐出租车了，不对呀，这个岛不是没有时间吗？那谁会知道啥时候会有巴士呢？

"你放心，酒店总有时间的，肯定你回得来，这个酒店很有名呢，是度假的好地方，因为那里看北极光位置极好，他们甚至有自己的摄影师，专门拍极光的，酒店就是吃极光这碗饭！"

司机的谈性很浓，看上去他的心情不错，我在特罗姆瑟这两天，发现几乎所有的人心情都特别好，人也特别善良。

他们真的就没有烦心的事儿吗？我不信。

"今年这个疫情，你们的生意受影响了吧？"我故意哪壶不开提哪壶。

"是啊，特罗姆瑟是个旅游城市，除了挪威本地人，今年几乎没有国外游客，损失很大，可是我们也没有办法啊，只能等疫情过去，你知道，在挪威，没人会饿死，失业了，政府会照顾你，大不了再找别的工作嘛！"司机说着，把他的钱包拿出来递给我。

"你打开看一下，里面有我妻子的照片，她是菲律宾人！"

我吓一跳，手里突然被塞进一个大钱包，这个司机也真是相信人，我匆忙看了一眼那张照片，赶快把钱包还给他。

"你们俩结婚的年头也不少了吧？"照片放在钱包里，这种事我好像很久没有见过了，现在的人，谁不是把照片存在手机里？这个有点皱巴巴的照片，让我感到分外亲切。

"十年了！我喜欢亚洲人，性格温柔，比挪威女人要好一百倍！"司机笑眯眯地说。

一个多小时飞快地过去，我们的车在酒店门口停下，下了车，我深吸一口带着海风腥味的空气，四下里看去，一个人也没有，大堂里也没人，最显眼的就是墙上一排又一排的北极光照片，都是从岛上各个角度拍的，除了夏天，几乎每个季节都有，实在是美得惊心动魄，这才是我想看的北极光呢！

等了一会儿，前台还是没人，是不是去睡午觉了？嘿，看来我真是到了"无时间之境"了！桌子上摆着水果和糖，我把箱子放在那里，拿了一个苹果就从大堂的另一侧走了出去。

果然是一个美丽的小岛，洁白的沙滩，硕大的、被风吹雨打过的礁石瘢痕累累，阳光下的海水缓慢悠然地打着拍子。岛上分布着星星点点的小木屋，但是就是没有人，我到现在还是没有看见一个人。但我并不觉得寂寞，从上岛的那一刻起，我的心情就平静下来，一个人在酒店外面的阳光房里坐了很久。这里虽然阳光充足，但毕竟我是在北极圈以北的岛上，外面还是相当冷。阳光房里就不同，四面都是玻璃，椅子上铺着舒适柔软的垫子，我闭上眼睛，整个人沐浴在阳光里，浑身暖暖的、懒懒的。

现在几点了？我不想看手表，我连入住手续都懒得办，就在这里晒太阳，看着远处的大海，倾听海浪的呼吸，偶尔会有一只海鸥呼啸而过，在寂寥空旷的海滩上，这声音久久回荡着，时间也许过去了一小时，或者两小时，但这并不重要。

我想起《时间简史》的作者讲过的一个真实的故事——人类学家在1986年首次发现了一个叫亚蒙达瓦的部落，在这个部落里，人们没有"时间"这个抽象概念。他们既没有形容时间的词汇，也不会以月或者年来分割时间，他们不会使用年龄，也不懂如何计时，没有日历，没有钟表，仅有有限的计数系统。

而此刻，我似乎就到了这样一个地方，那个时常令我敬畏，紧张，甚至绝望的，如同上帝一般存在的时间，突然消失了，而我找回了另外一些东西——比如，灵魂的宁静。

就像辛波斯卡的诗《一粒沙看世界》写的：

风吹皱云层，唯一的理由是，

它在吹。

一秒钟逝去，

第二秒仍然是一秒钟，

第三秒。

唯有对我们而言，这才是三秒钟。

北极的星空下

北极光圆舞曲

我住的是一个带风景的房间。

整个房间是蓝灰色调,地毯、被套、床罩、窗帘,深深浅浅的灰和蓝,让人一下子就觉得浑身舒坦,有些房间就是有这样的魔力,召唤你进来,邀请你上床,你什么都不用想,躺在那里欣赏风景就好——房间里面昏暗,外面风景明亮,一明一暗,对比分明。窗外,海面微微颤抖,如同无数块镜子的碎片闪闪发光,海上漂着一个红色的木屋,和天一般蓝的屋顶,那是下午我坐过的阳光房,整个小岛寂静无声,时间的痕迹消失得无影无踪。

在这个岛上,如果你想知道时间,最浪漫的方式就是看云,天空中那一块块漫无目的、四处流动的云,刚才还是层层叠叠的灰黑色,等我睡了一会儿,整个天空被一团团玫瑰色的云朵包围起来——莫奈画笔下的那种色调,然后,这玫瑰色越来越浓,最后变成酒红色,再过一会儿,天色慢慢暗淡下来,夕阳在小岛的尽头一点点下沉,恋恋不舍地把金黄色的余晖洒在波光粼粼的海面上,整个天空刹那间变成了神奇的紫罗兰色。

远远地,我看见两个人——这是我来岛上以后第一次看见人,他们正静静地站在海边欣赏着落日,全身沐浴在火一般燃烧的晚霞中，两个人似乎已经站了很久，把自己也站成了一道风景。这个镜头太美了，无论如何也要拍下来！可是我的手机拍不了远镜头，我一骨碌爬起来，跳下床，飞快地穿好鞋，冲出房间，静悄悄地绕到他们身后，还好，他们两个还是保持那个姿势，一动没动，好像专门等着我来拍照，等我拍完，有点不好意思——离得这么近，连个招呼都不打就拍了人家，总是不太礼貌，于是我轻轻咳嗽了一声，他们俩似乎吓了一跳，回过头，有点惊讶地看着我。

"不好意思，打扰了，我刚才给你们俩拍了一张照片，希望你们不介意！"我走上前去，把手机递给那个中年女士，她有一张友好却毫无特色的面孔，身体有点发福，那个男士戴着一副眼镜，普普通通的样子，不知为什么，我有点失望，刚才由距离产生的美和神秘感，这会儿开始打折扣。

"真美呀，麻烦你能发给我们吗？还没有人给我们拍过比这个更美的照片！"那个女士说着，和我在"脸书"上加好友，我把那张照片发给她。

她旁边的那个男士，一看就是典型的挪威模范丈夫，憨憨的，一言不发，微笑着看着我们。现在我知道她的名字了，她叫瑞贝卡，特罗姆瑟人，和丈夫专门来这里度假。瑞贝卡对我说："来，我们一起去海边，我们俩正准备去烧烤。"

傍晚的海风已经有了些寒意，中午我还穿着短袖T恤，这会儿穿着羽绒服还是感觉有点冷。我给瑞贝卡拍了不少照片，她相貌平平，但是性格爽朗，我一时兴起，略施小计，居然把她拍得亭亭玉立。瑞贝卡大概是第一次碰见一个心甘情愿给她拍照的人，兴奋地配合我摆出各种姿势——转身，扬头，大笑，一招一式，似乎找到了做模特的感觉，海风把她的头发吹得散开来，她闭上眼睛，尽情享受的样子的确很美——每个女人，都有自己美丽的瞬间。

空旷的海滩上只有我们三个人，瑞贝卡的丈夫在对付那个被海风吹得摇摇晃晃的烤肉架，地上放着一大包吃的，看来他们真的进入夏天的模式了，我们毕竟是在十月的北极圈以北的小岛上，虽说阳光、沙滩、海水一样不少，可是气温很低，看来他们要在这里就着西北风吃野餐了。

海风越来越大，海水有节奏地一次次冲向海滩，喧哗地散开一层透明的白色水花，我挥手向他们夫妇俩告别，这海滩固然是美的，但是我更享受属于我的那个带风景的房间——我没有任何和人聊天的欲望，我回到酒店，在静悄悄的餐厅里点了一份鹿肉，一杯啤酒——特罗姆瑟的啤酒颜色金黄，冰凉，刺激，淡淡的苦涩，一口下去，回味无穷。

我的房间亮起了一盏落地灯，灯光暗淡，屋里的一切都笼罩在昏暗中，显得虚幻而缥缈，窗外的大海变成了幽深的淡紫色，夕阳在天边正式谢幕，一点点沉入大海，这景色突然让我感到如此熟悉——四年前的那个秋天，在威尼斯利多岛（利多岛），我也是住在海边带风景的一个房间。我曾经在那里住了两个星期，读书，写作，每天听着海浪入眠，早上看一轮红日冉冉升起。那个房间的主人是一位意大利老人，一位退休的银行家，一头银发，打理得一丝不苟，走路飞快，还帮我提着行李，他是我在爱彼迎（Airbnb）的房东，他在海边的房子，干净，明亮，每周准时来给我换床单、被单，而且亲力亲为，弄得我真是无地自容，但是他坚持不让我动手，因为按照合同规定，这是由房东负责的工作。老人羡慕地看着我桌上高高摞起的书和计算机，恳求我书出版后一定给他寄一本，虽然是中文的。

——"因为你是在这个房间写的，这本书对我就有特殊的意义！"我记得他是这样说的。

离开威尼斯的时候，老人把我一路送到火车站，九月的阳光暖暖，海风吹在脸上温柔如水，不像刚才在海滩上那种冰凉刺骨的感觉——奇怪，此刻，在这个"夏之岛"的房间，关于威尼斯所有的记忆突然都回来了。我们乘坐的轮渡过圣马可广场，老人说——下次带你先生一起来，我们去坐贡多拉，吃牛肝菌芝士！因为他知道在意大利这些日子，这是我没有实现的两个愿望，贡多拉贵得离谱，而牛肝菌芝士不能一个人点。

夜幕笼罩了整个小岛，远处的灯光若隐若现，大海则静静地埋伏于夜的深处。躺在"夏之岛"这个安静的房间里，四年前的往事不期而至——清晰，完整。到威尼斯的那天，是一个阴雨绵绵的下午，我在桑塔露琪亚火车站下车后，满头大汗，拎着两个沉重的箱子登上开往利多岛的轮渡，轮渡上的人很多,一位好心的欧洲中年男人拎起我的行李,放在他身边的一个角落里。

"我的上帝,你是带着金子来威尼斯吗?"他气喘吁吁地放下我的箱子,显然没有想到会有那么沉。

"比金子值钱,全是书!"我笑嘻嘻地说。

"怪不得呢,你带这么多书来这里做什么呢?"那个人瞪大眼睛看着我,我到现在也记得他的眼睛,碧蓝如水。

"来读呀,还能干什么?看这本,托马斯·曼的《死于威尼斯》,是不是很应景?"说着,我从背包里掏出一本书递给他。

从桑塔露琪亚到利多岛的一路上,我都在和这位来自慕尼黑的心脏科医生探讨这本书,以致坐在他身边的夫人面露不快之色。分别时,他深深地看我一眼,祝我写作顺利,同时又摇摇头,不相信有人真会疯狂到拎着一箱子书跑到威尼斯写作。

转眼间,四年过去了。

我突然感觉到了那个无影无形,被叫作时间的东西,感觉到了它的存在和流逝——从威尼斯利多岛海边的那个房间,到特罗姆瑟这个北极圈以北的小岛上这个带风景的房间,这中间已经过去了四年。我的长篇小说《挪威的小木屋》已经出版,这本书的写作过程中,我住过不同的房间,在罗马、威尼斯、卑尔根、芭提雅——当然,我并没有走红,但我依然是那个写字的人,这四年中,我走了很多的路,看了无数的风景,岁月带走了很多东西——难以割舍的人和事,但时间并没有成为我的敌人,它替我储存了这么多美好的记忆,而这记忆之瓶一经打开,岁月的芬芳,便扑鼻而来。

真正的自暴自弃反而是眼下,2020年整个一年,我一个字也没有写,因为疫情,我被困在挪威,手握大把时间,却没有任何写作的冲动,从前忙的时候,总是幻想这有这么一段时间能潜心写作——也许,是因为我很久没有出来旅行了,旅行把人从现实中拉出来,从日常的琐碎生活中拉出来,让你更清楚地看看这个世界,同时反观自身。就像我此刻,也许,我应该感谢命运之神把我送到这个天涯海角的孤岛上,让我心平气和地与自己相处——就像赫尔曼·黑塞说的——"我们必须有那种彻底的孤独感,好让我们自己走进内心的深处,虽然这是一种痛苦,但一旦我们能征服这种孤独的感觉,我们就会找到自己最为内在的一种精神。"

房间里,我随着带的小音箱在放着格连·古尔德的《哥德堡变奏曲》——巴赫音乐里的秩序、逻辑和完美的结构被他完美而独特地呈现出来,那段时间,我沉浸在古尔德的音乐世界里不可自拔,每一个音符都由内心发出,如珍珠般熠熠发光,古尔德,一个极为特殊的加拿大音乐家,一生深居简出,与孤独为伴,唯一与世界联系的纽带是钢琴的黑白键,为了音乐的完美,甚至不惜牺牲他英俊的仪表,弹奏钢琴时整个人几乎缩成一团,全身心地投入,他的演奏,晶莹剔透,层次分明,构建出巴赫音乐独有的那种温存与平和。

在音乐的陪伴中，半梦半醒之间，我的眼前隐隐约约出现一团淡淡的绿色光影，我睁开眼睛，来到特罗姆瑟后，我对绿色就格外敏感，窗帘是开着的，深紫色的天幕中，一道绿色的青烟正袅袅升起，啊，北极光！我一下子惊醒，从床上跳起来，打开阳台的门，一股冰冷刺骨的寒风劈头盖脸地扑来，我哆哆嗦嗦地站在那里，仰望天空——那道"青烟"越来越浓，那个形状，真的像狐狸的尾巴，然后，就像有人在天上放了一把绿火，这火不断地蔓延着，渐渐地布满了整个绿色的天空，被山的暗影和模糊的灯光衬托着，开始缓缓移动。

这如神龙不见首尾的北极光，就在我已经完全放弃幻想，放弃希望的时候，它却不期而至。整个晚上，我像个"疯子"一般，光着脚，穿着羽绒服，在阳台和房间之间来回跑着，拿着手机拍照——外面实在是太冷，拍一会儿就要回房间取暖，我想起两天前，我们几个人缩在野地里的某个角落，苦苦等待北极光的惨状，还有罗伯特，不知道他看见北极光没有，这样想着，我迅速把刚拍的照片发给他——对着满天的绿色视觉大宴，我只想和谁分享，一个人独享，实在是太奢侈了！

北极光，这绿色的、神秘的火焰，这个沉默的、拒绝说出自己秘密的幽灵，你在向我传达一个什么信息呢？

苍天无语。

"我们知道我们是从风里来，还要回到风里去的；知道所有的生灵也许只是永恒的平静中的一个缠结，一团纷乱，一点瑕疵。"

  E·M·福斯特在《看得见风景的房间》里的这段话似乎没有说完——我想说，即便如此，我们仍然感激生命中的某些时刻，那些意外的馈赠——比如，这个神奇的、绿色的夜晚。

第四章　星星居住的村庄

北极熊来了

安德烈："你说什么？你打算去一个二十四小时没有日光的地方，仅仅为了看一头白熊？"

我："嗯，也可以这么说，不过安德烈，请允许我补充一下：首先，我要去的地方叫斯瓦尔巴，是北极地区的群岛，在挪威大陆和北极点的中间，这难道不令人兴奋吗？还有，你说的白熊只是北极熊的别名，你知道吗？虽然北极熊是世界上最大的陆地食肉动物，但是呢，它的皮肤是黑色的呢，只是因为毛发透明，所以看起来是白色，我还要告诉你的是北极熊的视力与听力和人类接近，嗅觉极为灵敏，是犬类的七倍，而且它奔跑的速度最快可以达到每小时60公里，是世界冠军的1.5倍呢！"

沉默……

安德烈："这么说，当你和某个北极熊四目相对的那一刻，

第四章　星星居住的村庄

也就离天堂不远了是吗？"

我："哈哈哈！你真聪明，是的，北极熊比较懒，不饿肯定不出来溜达，撞上了，也许就是它的一顿晚餐吧，或者，一道开胃菜？你知道，我一直在控制体重，身上没多少肉……"

沉默……

安德烈："我知道，疫情这段时间，生无可恋的、离疯不远的人有点多，可是，如果你实在想不开，也最好换个比较浪漫的死法，这样子千里迢迢地去送死，而且死在白熊嘴里，你觉得值吗？"

我："问题就在这里，我是那种好死不如赖活着的人，我才不想死，但是我就是想见北极熊，可是我知道只要见到了，我就必死无疑，人有的时候，就是这么矛盾……"

从特罗姆瑟开往斯瓦尔巴的飞机上，想起我和安德烈的一段对话，我不由笑出声来。

我的朋友安德烈，因为一本《以你的名字呼唤我》而享誉世界文坛，他的自传体小说《出埃及》获得怀丁作家奖，同时还担任纽约市立大学研究院院长、比较文学特聘教授。在文学界，他被称为"怀旧王子"，他的作品风格受普鲁斯特的影响很大，年轻时在埃及、法国、意大利生活过很长时间，现在每年都要去意大利一个神秘的海滨小镇住上一阵。对冰天雪地的北欧完全没有任何兴趣，可以说，我是他和北欧之间唯一的联系——很难想象,我们两个如此不同的人,却成了一对忘年之交。

飞机轻盈地飞过连绵不断的雪山,穿过厚重的云层,在一片浓浓的夜色中徐徐下降,我看了一下手表,中午十二点二十,天黑得如同午夜时分。我们在向一个似乎被世界遗忘了的小岛飞去,斯瓦尔巴群岛横跨北纬74度到81度,东经10度到35度,可是从飞机上俯瞰下去,完全不是我想象中的大气磅礴的北极岛屿。夜幕中,我能分辨出星星点点的灯光,模模糊糊的山谷的轮廓,突然,一片沙尘般的雪花和飞机下降时的气流交融在一起,一道笔直的灯柱仿佛从夜色中从天而降,飞机的机翼瞬间被这道灯柱照得闪闪发亮,巨大的引擎的声音充斥着我的耳膜——我们就这样,到达斯瓦尔巴。

时间:2020年12月18日。

一下飞机,一股寒风钻进我的脖子,像小刀子似的刮着我的脸,我加快脚步,踩着积雪,随着人群,跟跟跄跄地往机场里面跑,这时,我看见一个亚洲面孔的男生,突然转过身,对着斯瓦尔巴群岛机场的名字"啪"地拍了一张照片。

会不会是中国人呢?我想,应该不会,除了我,哪个正常的中国人会在这么个天寒地冻的季节跑到北极圈呢?

斯瓦巴尔机场实在是小得可怜,取了行李,外面有大巴车在等着,司机说他会把每个旅客送到各自的酒店。大家都沉默着,也许都有点失落,我们这是在哪里呢?我揉揉眼睛,外面是朦胧的路灯,隐约照出一条弯弯曲曲的小路,也许过了这段小路

第四章 星星居住的村庄

就好了,我满怀希望地想。我告诉自己,要耐心,一个陌生的地方一开始都藏着自己的秘密,但是只要有耐心,它就会向你敞开胸怀。

第一个酒店到了,那个亚洲面孔的男生跳了下去,我朝他那个酒店看了一眼,天哪,这也是酒店?我只看见一排平房,昏暗浑浊的灯光,连雪地都是乌漆墨黑的,真是到了荒郊野外了,但愿我的酒店不是这样吧?我开始不安起来。

我的酒店——斯瓦尔巴德酒店(Svalbard Hotel)没有几分钟就到了,我松口气,三层小楼,虽然看起来不大,但是灯火通明,玻璃窗里映出一个典雅明亮的餐厅,大堂有温暖的壁炉,舒适的沙发,墙上挂着精美的油画——总算是个文明世界。我的房间也很舒服,没有什么可以抱怨的,但是,我应该干什么呢?按照平时旅行的经验,到了一个新地方,先到市中心逛一圈儿,差不多就会对这个城市了解不少,可是这里是北极圈,网上可以找到的地方是"全球种子库""七岛群岛""欣洛彭海峡"——这些可不太像是打个车就能去的地方。

还有,我心心念念的北极熊又在哪里呢?

前台的挪威姑娘温和的语气中带着权威:"全球种子中心只可以从外面看,里面不能进,因为疫情,教堂关门,大部分餐厅关门,离我们一百公里的地方有家非常有名的啤酒屋也关门了。还有,北极熊最近出没频繁,你看一下地图上标的红线,你只能在红线里面走,出去就会有危险,知道吗?"

啊?北极熊?我兴奋起来,"最近有人看见北极熊了?"我问。

"当然,但是我们当地人有枪的,我们知道怎么办。今年八月,有个游客在野外露营,被一只北极熊活活吃了,这不是闹着玩的,你一个人不能乱走的,你想去哪里,对面就是旅行社,他们可以安排!"

原来安德烈说得不错,北极熊真的很生猛,但是我还是压抑不住好奇心。

"那只吃人的北极熊,后来怎么样了?"话一出口我就后悔了,我怎么如此没有同情心,人都死了,我怎么还关心北极熊?

前台姑娘白了我一眼,说:"我们最后找到了它,给枪毙了!"

马路对面的旅行社里已经有个男生在和一个挪威女孩子咨询着什么,见我进来,他回过头,原来就是那个我在机场碰见的亚洲人。

"你好,中国人吧?刚才我还不敢确认呢!"他笑着说。

我的脑子有点晕眩,在这与世隔绝的、不见天日的北极圈,听见熟悉的中国话,真让人又惊又喜。

"你怎么来这儿了?"我没头没脑地问了一句,好像我们已经认识很久了。

第四章　星星居住的村庄

明亮的灯光下，我这才看清他圆圆的脸，带着一股天真的孩子气，虽然身材高大，还是一副学生模样。

"我来拍北极光的，听说这里可以看见北极光，你呢？"他急切地问。

"北极光其实在特罗姆瑟看最好，我是来，唉，怎么说呢？我想看看北极熊！"我轻描淡写地说。

"真的？可以看见北极熊啊"？他也兴奋起来。一点没觉得我有什么不正常。

我们立刻加了彼此的微信——打开手机，扫二维码，一个简单的动作把我带回阔别两年的中国，他姓翟，在卑尔根读物理学博士，我突然想，我们的对话，从一开始就是北极熊、北极光，而不是一般人见面的那种寒暄，这让我有一种莫名的兴奋。

旅行社的挪威姑娘微笑着看着我们两个中国人说话。她也没有什么好消息，各种关门，各种取消，我们能去的就是一个叫三号矿井的地方，还有一个在雪地上四小时的徒步行走活动，这两个项目都是需要跟团的，当然，历史博物馆是开着的，我们现在就可以去，据说离这里只有十分钟的路程。

外面的雪越下越大，打开手机，用谷歌搜历史博物馆的这一会儿时间，我的手指已经快要冻掉了。我们这么远跑来，就是为了看个博物馆吗？

我和翟博士踩着厚厚的积雪往博物馆走，漫天的雪花，刺骨的寒风，无边的黑暗，崎岖的小路，远处朦胧的雪山，好像被一层白布蒙上一般，显得格外诡异，我们似乎走进了一个黑夜的王国，哪里有什么博物馆呢？有我也不想去了，想当初我知道斯瓦巴尔这个地方就是在特罗姆瑟的历史博物馆看到的，我在那里花了几个小时，看了挪威北部地区渔猎发展的历史；出生于1889年的挪威著名的猎人陆克文·亨利四十次远征北极圈，一辈子捕杀了713头北极熊；巴伦支是怎么发现的斯瓦尔巴群岛，看得我跃跃欲试，恨不得立刻飞过去。可是，此时此刻，我总算千里迢迢地飞来了，可是看看我在做什么！我和另外一个中国人冒着寒风，在大雪中跌跌撞撞地走在斯瓦尔巴群岛上，可是我们要去的地方，又是历史博物馆！

第四章　星星居住的村庄

"狐狸之火"

"Aurora"在芬兰语里又是"狐狸之火"的意思,因为原始的北极人相信,有一只神奇的狐狸在北极的雪原上奔跑,她的尾巴扫起雪花,在月亮下闪闪发光,这迷幻的色彩,便映照成美丽的北极光。

朗伊尔城美术馆透出的灯光在黑暗中显得格外明亮。只是参观的人只有我和翟博士两个人,我相信任何人都无法对这个地方有什么抱怨,宽敞的大厅一尘不染,史料翔实,图片清楚,各种标本——北极熊、海象、海豹做得可以乱真。

我读着照片旁边的那些文字:斯瓦尔巴群岛约为6.2万平方公里,60%的土地被冰川覆盖,最大的冰川又被称为"冰盖"。

我感觉自己在上地理课。翟博士走得飞快,很快就在偌大的美术馆里消失了。我们身处斯瓦巴尔,却在这么一个富丽堂皇、温暖洁净的殿堂了解这个神秘的岛屿,实在是不甘心。不是我们对这些知识不感兴趣,而是,我无法感知,无法触觉这一切,如果这个美术馆是在奥斯陆,那当然是另外一回事。

"我们俩分头行动吧,你去找你的北极光,北极光这东西如神龙不见首尾,你得随时盯着。"我对翟博士说。

"我也是这么想,我看见了就发微信给你哈,你呢,看见了北极熊别忘了拍照片,对了,你一个人走不怕吗?"他一脸孩子气地对我说。

离开了博物馆,离开了翟博士,我一个人走进,或者说被一阵狂风卷进了一团黑沉沉的夜色之中。除了呜咽的风声,四周是死一般的寂静。风吹着漫天雪花,如同沙漠中的尘沙一般噼里啪啦打在我的脸上。完了,我迷路了,我连酒店在哪里都不知道,我的方向感一向差得惊人,在大城市,甚至家门口迷路都是经常的事,这个该死的地方怎么连个市中心都没有啊?毕竟,我是在斯瓦尔巴的首府朗伊尔城呢。

我在雪地里深一脚浅一脚地走了一阵,寒风刺骨,积雪已经没到了我的膝盖,如果再这么走下去,我会不会被大雪埋了?或者,一头闯进北极熊的洞穴? 我想起和安德烈的对话——千里迢迢地来给北极熊送命。我看了一下手机上的时间,才下午四点多,黑暗已经吞噬了一切,我只能顺着远处闪动的灯光走,有灯光的地方,总会有人的吧,我想。

一边走,我还得前后左右地张望,看看有没有北极熊的影子,我想起刚到挪威的时候,曾经读过一本叫《日之东,月之西》的童话,故事讲的是在一个寒冷的冬夜,一只巨大的白熊在一个穷苦人家外面敲门,要求把他们的女儿嫁给他,然后承诺他

第四章 星星居住的村庄

们从此会过上天堂般的生活,姑娘为了全家的幸福,鼓足勇气,骑着白熊,跟着它走了很远很远,最后到了一个城堡,总之,一个大团圆的故事,原来那只白熊是个英俊的王子,受了继母的魔咒才变成白熊的。

也许就是因为这个童话故事,还有我家书架上那四只可爱的水晶北极熊,让我对这个神秘的动物产生了极大的兴趣,可是此刻,我是在北极熊的地盘,不是卑尔根那个温暖的家里读童话,我的周围是冰雪覆盖的山峦,在夜色中闪动着诡秘的白光,似乎一点点在向我逼近,我感觉自己被这些山渐渐包围了,而且,这些山的轮廓为什么那么像移动的北极熊呢?

"在斯瓦尔巴群岛,生活着3000多只北极熊。"

这是我刚才在美术馆看到的介绍。我是不是已经在北极熊的包围之中了?我战战兢兢地四处张望着,真后悔自己主动提出和翟博士分头行动的建议。

咦?是不是我产生了幻觉?突然,我看到离我不远的雪堆旁边有几个人的影子晃动了一下,他们都穿得很厚,好像是两个孩子,一个大人,这么冷的天,他们在这里做什么呢?

我用冰冷的雪擦了把脸,又仔细确认了一下,不错,是三个人,我又惊又喜地加快脚步,跌跌跄跄地往那个方向跑。

"嗨,迷路了吧?"我听到了一个温和的声音。

果然是一家人,一个父亲带着两个孩子正在堆雪人。

我镇定了一下,张了张嘴,却说不出话,我的脸已经快冻僵了,我摘下手套,用手把脸捂了一会儿。

"请问市中心在哪儿呢?"我问。我的脸部肌肉终于可以动了,可是手指头却冻得随时可以掉下来。

那个戴眼镜的中年男人愣了一下,说:"市中心?你是说斯瓦尔巴酒店吗,离这里很近。从这个路口左拐,几分钟就到!"

"我就住在那个酒店,你是说那就是市中心吗?可是酒店外面只有一条很窄的街啊!"我大吃一惊。

"那条街上有家叫南森(Nansen)的餐厅,他们的鹿肉你应该尝尝,还有超市、咖啡店、蓝色拉迪森(Raddisson blu)酒店也在那里,他们的鲸鱼肉做得很有特色,要说市中心,那里就是市中心了!"中年男人耐心地对我解释,他的两个孩子在雪堆上爬上爬下,玩得正起劲,好像在大城市的某个游乐场,而不是冰天雪地的北极圈。

"请问,您就住在这里吗?"我大着胆子问,眼前这个挪威人看上去文质彬彬,不是我想象中的海盗模样的土著。

"是啊,我是研究地质学的,你刚才在美术馆里一定看到了,斯瓦尔巴的地层褶皱和断层导致这里地形多山,可惜现在是极夜,你如果过两个月再来,会看到这里的山的形状非常独特,除了山,还有深入陆地的海湾,很多冰河延伸到大海,岛上还有大面积的无冰谷底……"

中年人滔滔不绝地说着,他说话的时候,呵气成霜,一团白

第四章 星星居住的村庄

雾在我的眼前晃动着,我已经冻得说不出话了,但我还是像听故事一般入迷地听着。

顺着他指的路,我很快回到酒店,而且我发现他说的南森餐厅和我们的酒店只有一墙之隔,餐厅外面有个真人般高大的猎人雕塑,满面愁容,身上披着一层厚厚的白雪,不过,餐厅里面布置得非常有情调,古旧的木头长桌,老式的吊灯,墙上挂着驯鹿头,椅子上铺着鹿皮,一个巨大的壁炉,炉火熊熊燃烧,我三步两步扑过去,恨不得把自己也塞进壁炉里烤一烤。

"一升啤酒,一份鹿肉,大盘的,一份烤土豆!"

我一边迅速脱下皮衣,一边对迎上来的服务生说。一天都没吃什么东西,此刻我才感觉自己已经饥肠辘辘,那个服务生也是亚洲人,五官秀气玲珑,面目慈善,看我冻成那样,她赶紧往壁炉里加了几块木头,"腾"的一下,炉火更旺了,我坐在壁炉旁边,手脚慢慢暖和起来,说话也不那么费劲了。

"中国人?"我试探地问。

"泰国人。"女孩微笑地回答我。

"泰国人?!"我吓一跳,她来自一个充满阳光、沙滩、热带植物的国家,却偏偏跑到这么偏僻的北极圈当服务员。

女孩把我带到一个靠窗的餐桌,坐在一对中年夫妇旁边,我对他们点点头,他们也转过头,冲我微笑了一下。

"我年初才从泰国探亲回来,还是喜欢斯瓦尔巴,我嫁到这里已经十五年了!"女孩手脚利落地给我端来餐具、啤酒。

十五年！我的天！斯瓦尔巴一年差不多有四个月是极夜，换了我，早已抑郁致死，到底是什么吸引着这些人在这里安家呢？

"你见过北极熊吗？"我问那个泰国女生。

"当然，两次吧，有一次就在餐厅外面，我当时无意中往窗户外面看了一眼，我的妈呀，正好看见一头北极熊在外面晃悠！"

"它没进来吗？"我急切地问。

"没有，毕竟餐厅里人多，而且它好像也没找到门。"她轻描淡写地说。

热气腾腾的鹿肉和土豆上来了，果然名不虚传，鹿肉鲜嫩可口，土豆烤得又甜又香，啤酒是斯瓦尔巴当地自酿的，味道纯正，清凉如甘露，我大口吃肉，大口喝酒，完全没有淑女的样子，我的全身被炉火烤得暖洋洋的，奇怪，当这冰凉、甘冽、略带苦涩的金黄色啤酒进入喉咙后，我全身每一个细胞都似乎变得舒坦了，我看了一眼啤酒上的说明，酒精含量8%，怪不得呢，我整个人有点微微的晕眩。外面的雪花还在纷纷扬扬地下着，那个真人般大小的雕塑被餐厅内发出的灯光照得发出琥珀色的亮光，他旁边的石桌上已经堆起了一层厚厚的白雪，在昏暗的灯光下，显得那么晶莹，脆弱。

我站起身，只穿着一件毛衣，端着那杯啤酒走出餐厅，一股寒风夹着飞雪毫不留情地向我吹来，我打了个寒战，却有一种莫名的快感，突然间，严寒变得不那么可怕了，甚至有几分刺激，

第四章 星星居住的村庄

我深深呼吸着这清新、甘美的空气,眺望着远处如同被层层白布包裹的雪山——第一次感到,自己是在北极圈了。

我把那杯啤酒放在石凳上的雪中,给它拍了一张照片。

突然,我的手机亮了一下,是翟博士!他一口气发了好几张北极光的照片,绿色的巨大的光影,如同狐狸的尾巴!他真幸运,第一天就看到了北极光!他的短信显得很兴奋:"你看见北极光了吗?此时此刻就在我的酒店外面,你在哪里?赶快出来看看!"

去年十月,我在特罗姆瑟两次看到了世界上最美的极光,其中一次就在我住的房间外的阳台上,那一夜,我光着脚,站在阳台上,疯狂地对着夜空拍照,巨大的幸福感如同电流一般穿过全身。整个天空如同缓缓移动的莽莽森林,森林的上空就像点燃了一团绿色的火焰,这就是Aurora!在芬兰语里,它是"狐狸之火"的意思,因为原始的北极人相信,有一只神奇的狐狸在北极的雪原上奔跑,她的尾巴扫起雪花,在月光下闪闪发光,这迷幻的色彩,便映照成北极光!

而北极光在我们这个灯火通明的餐厅外面是不会出现的,虽然我和翟博士的酒店相隔不远。

"等我吃完鹿肉,就骑着北极熊过来找你!"我把啤酒杯从厚厚的雪堆里拿出来,仰头喝了一大口,把这条微信发给了翟博士。

123

北极风情画

鹿肉吃完了,啤酒杯也见了底,我浑身上下暖洋洋的,懒懒地靠在沙发上,所谓酒酣耳热,大概就是这种状态。也许,应该去博士住的地方看看北极光,可是我不想离开这个地方,餐厅这时已经座无虚席,人声鼎沸,觥筹交错,来自挪威各地的学生居多,湿漉漉的滑雪板,又厚又重的羽绒服堆得到处都是,那个泰国女服务生手里捧着一摞盘子,蝴蝶一般快乐地在人群中穿梭。每个人都是笑意盈盈的,恍惚之间,我们仿佛回到疫情前的那个时代,事实上,我已经想不起来上一次置身这么热闹的场合是什么时候的事了。

我想起此时身在柏林的简,她在生日那天这样写道:"疫情都一年了,我好想出去吃饭啊,想去吃烛光晚餐,想坐在餐厅里,有人递来水杯,有人给倒酒,有人收盘子,有人在旁边说着话。我忽然特别想念人群,想念餐厅的嘈杂,想念杯碗碰撞的声音,那种声音,是最美妙的音乐也替代不了的。"

此刻,我就置身在简所向往的那个世界,置身在欢声笑语的人群中,有一种无比幸福的感觉,这是我以前从来没有过的——远离人群,寻找内心的宁静,是我一直向往的境界,可是,在这

第四章　星星居住的村庄

遥远、黑暗、寒冷的北极圈，在疫情已经持续了将近一年之后，我突然如此依恋这一切喧哗，也许，只有在这里，我才能找回失去的那个时代的影子，享受那种被人群包围着的温暖和久违的笑声。

"你一个人吗？从哪里过来的？"

我转过头，说话的是我旁边的那个中年挪威女士，她的丈夫坐在她对面，我来的时候他们已经就坐在那里了。

我告诉他们我是从卑尔根过来的。

"你们俩呢？"我问。

我仔细打量了一下这个挪威女人，她有一双驯鹿般温柔的眼睛，脸并不美，皮肤有些松弛，头发也有点乱，但是气质中有一种豪放的感觉，是我喜欢的那种类型。她的丈夫一言不发，目光游离，有点心不在焉的样子。

"我住在奥斯陆外的一个小城市，名字说了你也记不住，他住在耶卢，我们在奥斯陆会和，然后一起来到这里，我叫安娜，你呢？"

信息量有点大，我虽然喝了一点酒，但还是很快反应过来，他们俩好像不是一对夫妻。

可是他们看上去明显是一对情人。我反正也是一个人，在这风雪交加的北极圈，和两个陌生的挪威人坐在一起聊聊天倒也挺有意思。旅行的意义，很大一部分就是和素不相识的灵魂碰撞。

短短的半天,我已经认识了翟博士、泰国女服务员,我的直觉告诉我,眼前这两个人,好像有点什么故事。

"我以为你们俩是夫妻呢!"我笑着说。

"不是呢,我去他那里,开车要三个多小时,而且每次去之前都要打电话求他,我可以去看你吗?得他同意才行!"安娜真是惊人地坦率,我们根本是陌生人,她怎么一下子说了这么隐私的事情?她看那个男人的眼神也充满了毫不掩饰的爱意。

那个男的,我实在看不出有什么特别的地方,就一个普普通通的挪威中年男子,那种我一出这个门就记不住长相的男人,而安娜,仅仅她直爽的性格就一下吸引了我。

"你对你女朋友可有点不够意思哈,我去过耶卢,深山老林的,见个人都难,这么优秀的女人爱着你,你们俩干脆住一起不就完了?"我知道自己有点肆无忌惮,但是酒壮怂人胆,话匣子一打开就收不住。

那个男人微笑一下,说:"我喜欢独处,我需要一个自由的空间,没法长年累月和一个人在一起,偶尔聚一下是可以的。"

真够直接的!我心想,当着他女朋友的面,一句甜言蜜语都没有。

"而且他还上Tinder找女人呢!"安娜趁机揭发了他一把,然后笑起来。

那个男的也不置可否地笑。

"你也上啊,安娜,Tinder上男人多的是,你不用整天盯着他,对了,你们俩怎么认识的?"

我的话一出口,自己先吃了一惊,我好像从来没有和任何人,包括最熟悉的朋友,以如此开诚布公的方式,说起如此私密的话题,挪威人内向的性格在欧洲是很出名的,而且我和他们连个认识的过程都没有,直奔主题,这是怎么回事?难道到了北极圈,我们都变得直接而且大胆了?

安娜告诉我,她是牙医,他们俩是在跳伞俱乐部认识的,跳伞是他们共同的爱好,说着,她打开手机,给我看他们跳伞的视频。

真厉害!怪不得我在安娜的脸上一下就看出了一股英气,这个看上去柔弱的女子,居然是一名狂热的跳伞爱好者,我的朋友中,只有台湾姑娘克莱尔在芭提雅跳过伞,而且是有人陪着一起跳,就这样,克莱尔告诉我从飞机上被推下来的时候,是教练一根一根手指把她的手掰开的,因为她当时吓得已经快哭了,根本不想继续。

"我才不上Tinder找人呢,我只爱他一个人,我每天都告诉他我有多爱他,他有多英俊,可是,他还是照样在外面找女人,而且每次外面见面,时间、地点,都由他决定。"安娜喝了一口红酒,平静地说着,好像是在说别人的故事,而故事的男主角明明就坐在我们旁边。

那个男的终于沉不住气了,说:"我说,这次我们来斯瓦尔巴度假,可是我的主意,对吗?"

安娜点点头,说:"对呀,说实话我根本就不想来,这黑漆漆的北极圈,什么也看不见,我们来做什么?可是你说的话,我什么时候不执行了?"

我在旁边傻呆呆地看着他们俩,有点哭笑不得,两个人都是受过良好教育的中年人,而且说话清醒,理智,没有人抬高嗓门,可是我却闻出一股隐隐的火药味儿。我这会儿有两个选择,一个是赶紧撤,反正出门就是我的酒店,这样做恐怕是最理智的;另一个是继续坐在这里和他们聊天,安娜太老实了,所有的牌都摊在桌上,我得帮她一把,这个年龄的人还这么单纯,我还是第一次碰见。

我和安娜加了"脸书"好友,她主页里的照片和视频全和跳伞、滑雪、徒步旅行有关,其中的一个视频是她和几个朋友组成漂亮的阵型,在蓝天、云雾、峭壁之中轻盈穿越,如同飞鸟一般悠然自得,她看上去是那么自信、大胆、快乐,这样的女人,怎么在感情面前完全是另一个人呢?

"不知道你们二位看过一个叫《恋恋笔记本》的电影没有,里面有句话,爱情没有那么多借口,如果最终没能在一起,只能说明爱得不够!"我对安娜说。

她低下头,沉默了一会儿,然后重复了一遍我说的那句台词,"好吧,我记住这个电影的名字了,我们回去就看,好不好?"她的眼睛询问似的看着那个男的——一个连她的男朋友都不算的人。

第四章　星星居住的村庄

我一下子泄了气，连看个电影都要征求他的意见，真是恨铁不成钢，这个安娜！

"安娜，我还是建议你上Tinder看看，好男人大把，而且他看见你有人追了，会嫉妒的，那个时候你就掌握主动权了！"我说这些话的时候，那个男的就在一边听得清清楚楚，我也不回避，这是挪威人的风格，什么事都在光天化日之下说得明明白白，虽然少了很多神秘感，但是这种风格倒也让人有种一吐为快的痛快。

"你觉得我这个年龄，还会对这种小孩子的游戏感兴趣吗？我对嫉妒一向免疫，你知道比厮守更重要的是什么吗？——自由。"那个男的第一次正眼看我，从头到尾，他就如同一个看戏的陌生人。

餐厅里的灯光暗下来，人声也渐渐稀落，老木桌上的烛光摇曳，壁炉里发出噼里啪啦的声音，暗红色的火苗时隐时现。窗外，洁白的六角形雪花以一种飘逸、浪漫的姿态在空中飞舞着，烛光透过玻璃窗洒在雪地上，如同无数一同晃动着的星星。风花雪月，一应俱全。如果我是这个男人，此刻，我会拿起桌上的蜡烛，牵着安娜的手，走到雪地上，在北极的星光下，单腿下跪，向她求婚——那该是多么浪漫的一个镜头啊！

可是，我知道，我落伍了！我的那些过时的、不可救药的浪漫想法全部落伍了！在挪威，离婚率高达50%，不但婚姻已经过时，很多人都有几个孩子了也不结婚，连同居都落伍了！我身边越来越多的挪威人选择了独处，选择了这种偶尔相聚的生活方式。

走出餐厅，我没有直接回酒店，而是向相反的方向走去，那里，几乎没有任何灯光，我的眼睛好像逐渐适应了黑暗，天空清澈如水，星星发出柔和的光亮——璀璨，晶莹，如同蓝宝石般熠熠发光。我的左手无名指上，就戴着这样一颗星星，它由我爱的人亲自设计，黄金与白金之间镶嵌着一颗小巧的钻石。据说，无名指上有一根血管，和心脏直接相通，结婚戒指戴在上面，代表着对婚姻的忠诚，而这枚戒指，从来没有让我感觉到失去了所谓的"自由"。比起安娜，我是何等幸运！在这个世界上，有一个人，愿意完完全全地接纳我，包容我。

"好想变成雪啊，这样，就可以落在先生的肩上了。若是先生撑了伞呢？那就落在先生的伞上，静载一路的月光。"

我不记得是在哪里读到过这段话了，那个意境如此单纯、深情，所以一直记得。我突然有点可怜安娜的那个朋友，他永远无法体会到这种美，这种心心相印的幸福，这种让我们的人生充实而有意义的东西，那是多少"自由"也无法替代的。

第四章　星星居住的村庄

蓝色的夜

　　十二月,在斯瓦尔巴岛,我开始理解了什么是黑暗。黑暗是一种统领一切的力量,大地的一切细节被它笼罩在自己的羽翼之下,带皱褶的雪山发出幽暗灰冷的光泽。我不再觉得那些零零星星的灯光给人带来光明和温暖,倒像是对黑暗一种无力的挣扎。在这里,我开始怀念有阳光的日子,哪怕是乌云密布也比黑暗要好。整个十二月,我在挪威北部旅行,进入北极圈以前,每天至少有一个多小时有光亮,那是一种极为特殊的光,天空如同紫罗兰色的天鹅绒背景布,衬托着海浪般起伏的云层,在那里,我学会了看云,卷积云、积雨云、层积云……每分钟都在变化着不同的色彩,看得人心醉神迷。

　　这会儿,我当然知道我来的是北极圈,我们住的朗伊尔城,是最接近北极的可住地区之一,距离北极点只有1300公里。从十一月到来年二月,都是二十四小时的极夜,但是潜意识里,我还抱有一丝希望,也许,一天中能有个几分钟的亮光,比如,早上十一点,这个时间就不应该和晚上八点一样,但是没有,在这里,黑暗甚至战胜了时间,我看不出二十四小时有任何区别,如果没有手表的提示,我会觉得整个世界停止了转动。就像坐在火车里，车轮的节奏、窗外移动的风景和时间的流逝是和谐的，可是火车如果戛然而止，那么一切也就失去了意义。

"真气死我了，他们把我从徒步旅行团给开了！"我坐在翟博士的酒店的客厅里发牢骚。

翟博士住的酒店有点像个大民宅，低矮的老式木屋，木头墙壁斑斑驳驳，不知经年的沙发被坐得塌了下去，大堂很小，所以称为客厅，但是这个客厅很温馨，有一棵闪闪发光的圣诞树，提醒我们再过几天就是圣诞节了，窗户上挂着一颗粉红色的六角星，茶几上还摆着一套国际象棋。

"为什么？"翟博士没抬头，他忙着在电脑上整理照片。

客厅里弥漫着一股咖啡的香味。

"谁知道呢？导游一看见我就说我穿的衣服不行，会冻死，我穿了毛衣毛裤，皮衣、帽子、手套也都有，还是不行，他又说我的鞋不对，脚会冻坏，然后又问我是否有在零下三十摄氏度的天气里在雪地徒步行走的经验，我当然没有了，要不然我报这个团干吗？"我有气无力地倒在沙发上，絮絮叨叨地说着。

"我也觉得你不行，我也没戏，咱们这体力，恐怕没法和挪威人比，我们得玩儿点别的。"翟博士比我实际多了。

昨天我在餐厅碰见的安娜和她朋友就报了这个团，可是他们俩的体力哪里是一般人能比的？他们是跳伞的。来到斯瓦尔巴，我突然觉得自己好像一只家养的绵羊进了原始森林，显得无力而弱小。四周的挪威人都是人高马大的，走路带风，因为外面雪

第四章　星星居住的村庄

大，所以酒店要求鞋一律放在走道的鞋架上。只要看看那些鞋就知道是一群什么人在这里了，棕色硬壳高腰滑雪靴，带流苏的萨米雪地靴，毛茸茸的，看着就暖和……那些鞋底沾着泥土、沙子和雪，看上去曾带着主人走过千山万水，我的那双短腰黑色皮鞋和它们摆在一起，确实显得有点不伦不类。

"对了，刚才我来的时候，碰见拿枪巡逻的了，那个步枪还是真的呢，他们说是昨天有人在停车场看见北极熊了！"我对翟博士说。

"我也听说了，你知道吗？在斯瓦尔巴，没有人锁车，因为北极熊就爱去那里，要随时准备好跳上车！"

我的天哪！昨天晚上我就在停车场那边散步，我还以为那个地方最安全，北极熊的思维方式果然厉害，如果想吃人，停车场是个好地方，那里肯定是有人的。

我该做点什么呢？我看着那盘国际象棋，想起刚刚看过的电视剧《后翼弃兵》，女主自小是孤儿，性格疏冷淡漠，凭借过人天赋，一路击败各路对手，成为一代国际象棋大师。女主只要坐在棋盘面前，灵魂就进去了，整个世界除了象棋，一切都不复存在。

"要不然，我们就研究一下这个国际象棋怎么玩！"我装模作样地拿起一枚黑色的棋子。

"嘿，我千里迢迢地来北极圈就为了学这个？走吧，跟我去海边拍照，我带上三脚架，今天天晴，肯定会有北极光的。"翟博士站起身。

海边？我来了两天就没看见海，虽然我们住在海边，黑夜吞噬了一切，连大海在茫茫夜色中都消失了。

"我们酒店前台说今天风大，不要去海边，要不然一阵风能把我们吹走！"出门的时候我突然想起前台那个女孩的嘱咐。

翟博士哈哈大笑起来，说："把你吹走还差不多，你看我这身材，和挪威人有一拼，肯定没事的！"

我们走出了酒店，一阵狂风吹来，如同一条条冰冷的鞭子肆无忌惮地抽打在我的脸上、身上，吹得我一路小跑起来。

"看见没有，那边工地上居然有个人在干活儿呢，我刚才来的时候就看见他了，这么半天还在那里，别是冻僵了吧？"我在风雪中对翟博士喊着。

"嘿，我说你这眼神儿，那是个假人，走，我们过去看清楚！"翟博士大步走在我们前面，他的个头真的和那些高大的挪威人差不多，走起路来稳稳当当，不像我，被风推着，歪歪扭扭地往前小跑。

工地上灯光雪亮，一个戴头盔的工人站在那里，一手拿着焊枪，一手遮住头顶的灯光，上衣的领子还敞着，我们俩走过去，我拍拍他的肩膀，果然是假人，做得也太逼真了，我倒吸一口冷气。

"真可怕，昨天我去的餐厅外面有个愁眉苦脸的猎人，也像

第四章 星星居住的村庄

个真人,这里的人怎么了?是不是真人太少了只好做些假的充数啊?"我哆哆嗦嗦地把手套摘下来,举起手机,对着那个假人拍了一张照片,这几秒钟的工夫我觉得手指头已经冻得生疼。

"翟博士,你看那边那个建筑物,造型好漂亮啊,还发着蓝光呢,要不然我们去那里看看?"我的眼睛突然一亮。

"你不知道吗?那是大名鼎鼎的全球种子库呀,可是现在去不了,得有车,你看着挺近,其实开车还有二十分钟呢,我肯定会去的,可现在我得去海边,刚才我看极光预报了,时间快到了!"

在斯瓦尔巴,每家酒店都有24小时极光预报,自己也可以下载这个APP,这样,你可以随时查看极光出现的时间和位置,翟博士当然是在第一时间下载了,他整个作息时间现在就跟着极光走。

全球种子库到底是什么?回到酒店,我赶快在网上查了一下,原来这是一个世界各国面对未来可能到来的危机所打造的一个现代版的诺亚方舟——我刚才看见的那个幽蓝的、造型别致的建筑物就是这个种子库,它可以抵御地球上最严重的自然灾害,在所有生物都消失之后,唯有它能存留在地球!

太神奇了!我关上手机,一口气跑到前台。

"我要去全球种子库,我知道不让进去,就在外面看看也行啊!"我对前台那个挪威女孩说。

两天下来,我们俩也混熟了,甚至酒店的客人也彼此点头打招呼了,大堂里,我看见一对老夫妇全副武装,好像在等着什么人来接他们。

前台告诉我他们要去三号矿井,一会儿就有车来接,这也是一个旅游项目。

三号矿井在斯瓦巴尔岛赫赫有名,没有20世纪初煤矿的开采,就没有斯瓦尔巴首府朗伊尔城的存在,整个岛上有七个煤矿,到现在只有7号矿还在运行,而3号矿井是供人们参观的,这个我一来就听说了,只是我对矿井有着天生的恐惧,一想到矿井,就会想到矿难、死亡,可是看到这两个年近70岁的老人都要去参观,我的心动了。

"我听说矿井和全球种子库是连着的!"前台的女孩告诉我。

"那我这就回去换衣服,帮我报个名!"我回身就往房间跑。

一辆越野车悄无声息地停在了我们酒店门前。

从司机座位上跳下一个年轻的挪威女孩,她自我介绍说她叫卡米拉。虽然只有我们三个客人,卡米拉也是彬彬有礼,问了我们每个人的名字,又详细介绍了我们此行需要注意的问题,我这才知道我们要去的是矿山,三号矿井原来是在山里。卡米拉熟练地开着车,把我们带出了我待了两天的市中心,窗外的一切都变得不一样了,我可以清晰地看见雪山的轮廓,黑夜中满天的繁星,我第一次发现,原来这夜色并不是完全的黑色,而是一种非常幽深的蓝色。

"你们发现我们这里的天空是深蓝色了吗?"卡米拉大声问我们。

"刚刚发现,为什么呢?"我急切地问,出了市中心,我的心情一下子豁然开朗起来,这才是我想象中的北极啊,宁静,神秘,深邃的天空中似乎蕴藏着无数的秘密。

"你们知道,12月到2月这段时间,太阳不能直接照射到北极大陆,它的余光就通过深蓝色的海洋表面和雪地折射的余晖照亮北极,所以天空就是深蓝色的,在天文学里称为'蓝夜'。"卡米拉一面开车,一面向我们介绍着。

"蓝夜"——多么美的两个字!我怎么就没注意到呢?原来这天空是蓝色的,我贪婪地向窗外张望着,这些山峰、大海、雪谷,这洒满月光的大地,还有离我们越来越近的那座蓝色的世界种子库的魅影,在这蓝色的暗夜中,突然有了自己的生命。

第五章 一个冬天的童话

冬日之光

这个冬天,注定是属于我的季节。

此刻我的位置:北纬69度56分,东经23度18分,时间:2020年12月14日早上十点半。我发现自己正在挪威北极圈五百公里以外,一个叫阿尔塔的小城,独自站在酒店房间的窗前,对着青灰色的天空发呆——我刚从北极圈北部的特罗姆瑟飞到阿尔塔(离北极圈五十公里),下一个目标是斯瓦尔巴群岛,我将面对二十四小时黑暗的漫长极夜。

天空黑沉沉的,那道微弱的灰亮,更像是黑夜给与清晨的一点可怜的安慰,半个小时不到,也就是上午十一点,这仅有的冬日之光,便被压倒一切的黑暗和城市星星点点的灯光迅速吞噬——虽然这个城市绝不吝惜灯光,加上雪地大面积的反光,都试图在给人一种白昼的感觉,可是黑夜还是狡黠地潜入,毫不费

第五章 一个冬天的童话

力地就主宰了一切。

阿尔塔的市中心小得不能再小，只需站在窗前，四处扫视一圈，一切便尽收眼底——右前方，赫然而立的是北极光大教堂，一座有名的地标建筑。据说，是某个丹麦的建筑师参考了蜿蜒变化的北极光线的形状，设计出这个呈螺旋向上的高达47米的建筑——然而在我看来，这个通身发着紫光的庞然大物，更像一个超大号的冰激凌，可是在这零下二十多摄氏度的冬天，冰激凌实在无法给人任何愉悦的联想。

"阿尔塔那个教堂，你一定要进去看看，设计很有特点！"临行前，我的挪威朋友罗伊嘱咐我。

"刚才前台告诉我，教堂关门，说是疫情的原因，你们挪威人懒就懒吧，动不动把疫情拿出来做文章，你想想，星期一一大早，谁去教堂啊？哈，居然这个时候关门！"

"不要急，这里的人好说话，你给教堂打个电话，就说远道慕名而来，他们会放你进去的。"

罗伊这个人的好处就是秒回短信，在挪威，这样的朋友非常难得。

他说什么？给教堂打电话？而且是挪威最有名的现代风格大教堂，谁会理我啊？

"要不然我在外面看看就好了，从我房间就看得一清二楚，不过就是个大号紫色冰激凌，假装自己是北极光的替身。电话我可不敢打，如果上帝本人亲自来接，还不把我吓出毛病？"我和罗伊开着玩笑。

"好了,我要上班了,没工夫和你废话,中国女孩,你听我的话什么时候会错?你不打电话,什么都不会发生,当然你如果愿意在酒店躺着我也没办法,自己看着办吧!"罗伊发完最后一个短信便消失了。

老实说,一到阿尔塔我就有点后悔,除了市内唯一的一个购物中心,几乎所有旅游和娱乐项目都停了,早上十点,我四处打了一圈儿电话,雪橇公司、旅行社、萨米人帐篷营地,所有的电话都没人接,这还是周一呢,我当下心凉了一大截,心想这回来阿尔塔是彻底失算了。

至少这个北极光教堂里面应该有人,我心想,神职人员应该对工作比较负责,我决定碰碰运气,找前台要了教堂的电话。果然,电话响了两下就有人说话了,我顿时心花怒放,赶紧解释——中国来的,写旅行文章,只待两天,此刻离教堂只有几分钟。接电话的是个豪爽的挪威女人,毫不犹豫地答应了我——没问题,你来吧,不要急,我今天值班,你到了给我打电话,我给你开门。

真痛快!这么个小城,居然藏着如此有气势的一个教堂,上帝的神力果然无所不在,都出手帮到我了。我开心地跳起来,不厌其烦地一件件穿好衣服——贴身的黑色羊绒毛衣,又套上一个大号的红毛衣,外面是一件我在土耳其买的鹿皮大衣,一条红色围脖,头戴一个暖融融的白色羊绒帽——这是我在挪威北部冬天

第五章 一个冬天的童话

的标配。罗伊在"脸书"上看见我发的照片，嘲笑我是"亚洲富婆"。

一出温暖的酒店大门，一股狂风夹着飞雪迅速向我扑来，打在我的脸上，钻进我的脖子，也许罗伊是对的，我这身打扮在挪威北方真的没戏，我的鹿皮大衣领子是敞开的，即使裹着厚厚的围巾也难挡刺骨的严寒。走了几步，我突然发现前面有个白色的移动咖啡店，几个穿得厚厚的挪威人正淡定地站在那里聊天、喝咖啡，一股清香顺着风飘了过来——我本人不能喝很多咖啡，但是每当闻到那绵长的、经阳光沐浴过的、被烘焙过的咖啡香，我的脚就挪不动了。

一张笑意盈盈的挪威姑娘的脸从窗口探了出来，在这冰天雪地的黑暗中，这笑容如同阳光般温暖而亲切，她让我暂时等一下，因为还有两个人的咖啡没做完。酒店旁边就是这个城市唯一的购物中心，咖啡店、餐厅都有，可是挪威人偏要在室外弄这么个露天咖啡店，连个坐的地方都没有，他们还嫌不够冷？不过，我发现这正是其中的原因，室外的空气冰冷新鲜，咖啡热气腾腾，冒着轻微的白烟，边喝边聊，倒也其乐融融。

有个留着大胡子的挪威人和我随意聊了起来——我抱怨这里的所有电话都没人接，难道冬天冷点，大家就连生意都不做了？他们几个大笑起来——你不知道外面阿尔塔是萨米人的天下吗？萨米人从来不着急，而且不看日历，过完了今天都不想明天，你这样，先喝咖啡，再去教堂参观，然后接着打电话，会有人接的，萨米人慢是慢点，不过毕竟今天是星期一，他们恐怕还记得住，哈哈哈！"

大胡子说完，指着身边的一位中年女士，不信你问她，她就是萨米人！

来阿尔塔之前我做了一点功课，和格陵兰的因纽特人一样，萨米人是欧洲最后的土著民族。目前约有7.5万人，其中，在挪威生活的萨米人数量最多，有4万多人；其次是瑞典，有1.5万～2.5万人；芬兰则有约7500人。传统的萨米放牧人住在帐篷或草房里，以五六个家庭为单位，带着鹿群迁移，一路上靠狩猎和打鱼来补充食物。

瑞典女作家塞尔玛·拉格洛夫在她的小说《尼尔斯骑鹅旅行记》里讲述了一个十五岁的瑞典女孩被萨米人的生活方式折服的故事：那是黑死病肆虐的年代，女孩家人都病死了，她和一个萨米男孩跟着驯鹿群生活（萨米人认为，除了拥有几头驯鹿和一顶帐篷，人不需要别的更多的东西就可以生活），女孩渐渐习惯了喝鹿奶，睡在一些树枝上只铺一张鹿皮的帐篷里，也学会了用鹿筋搓绳子、鞣皮子，用鹿皮缝制衣服和鞋子，用鹿角做梳子和工具，坐着鹿拉的雪橇旅行。过了差不多一年的萨米人生活之后，女孩决定留在萨米人中间，习惯了在大山和森林里自由自在地游荡之后，她再也不能接受在城市中狭窄的房子里生活了。

在萨米语中，关于驯鹿的词汇就有四百多个。有人在描述萨米人的文章中这样写道："假如世界是由一种动物——驯鹿构成

第五章 一个冬天的童话

的，他们可能会很满意，因为驯鹿可以满足他们所有的要求。他们猎取它，食用它，无休止地谈论它，甚至做梦都梦见它。在很久以前，萨米人就把天堂想象成有无数驯鹿的地方。"

驯鹿可以用来拉雪橇！我的脑子灵光一闪，这个，我在学第一首英文歌《铃儿响叮当》的时候就知道了。

冲破大风雪，
我们坐在雪橇上，
奔驰过田野，
快乐又歌唱！

从某种意义上来说，这首歌让我爱上了英语，大学又读了英文专业——在一个孩子的世界里，它描绘的是一幅完美的北极风情画——茫茫林海，白皑皑的雪地，一辆响着铃铛的雪橇飞驰而过，上面坐着穿红衣服的圣诞老人和一群欢天喜地的孩子，这是多么令人神往的一个冬天的童话啊！来阿尔塔之前，我看到坐雪橇的项目介绍，可是不敢相信是真的。此刻，我的眼前就站着一个萨米女人，她看上去和挪威一般人差不多，不管怎么说，看到她，又受到这些挪威人的鼓励，我突然觉得，自己离那个幻想了无数次的童话世界不远了。

星星引路

十二月,在挪威北方的阿尔塔,每天,我至少会十次质疑时间——一天之中我好像做了很多事,睡到自然醒;从容不迫地吃了一顿丰盛的早餐;在室外咖啡馆和挪威人聊天;参观了阿尔塔的大教堂,然后又和萨米女孩吃了一顿回转寿司,可是一看时间,还不到下午两点。

我站在酒店外面的台阶上,这会儿,最后一丝黛青色的亮光正在从天空迅速消失,黑暗,毫不迟疑地挥手独揽了整个小城,只有广场上那棵孤零零的圣诞树,在夜色中一闪一闪地发出微弱的亮光。我这才发现,这一天,我的活动范围都是围绕酒店的一百米左右的范围——我四处张望着,接我坐雪橇的车应该快到了。

雪花在灯影中漫天飞舞,一辆白色的吉普车从黑暗中向酒店的方向驶来,刺眼的车灯刹那间照亮了广场,司机大概认出了我这张在阿尔塔不常见的中国面孔,准确无误地把车停在了我的面前。我兴奋地跑上去,打开车门,一股呛人的鱼腥味扑面而来,我不由地捂了一下鼻子。

"哈哈,被鱼饲料呛到了吧?其实很香呢!"一个快乐、爽

第五章 一个冬天的童话

朗的声音传了出来,司机是一位中年女士,正笑盈盈地向我伸出手,她的手强壮而有力,是那种干过重活的手,轻轻一拉,我就上了车。

我仔细看了她一眼——一个貌不惊人的女人,像当地人一样,穿得很厚,戴着皮帽子,五官平平常常,但是那张脸上有一种耐人寻味的东西——那是"一张居住着很多生命的脸",我突然想起不知从哪里看到过的一句话。

"我叫伊莱恩,今天我负责接待你,你坐我的雪橇,如果你有兴趣,我也可以教你怎么驾驶,怎么样?准备好了吗?"

伊莱恩语速很快,一口标准的皇家英语,在挪威实在不多见,连我这个英语专业的人也不由得佩服。她稳稳地握着方向盘,吉普车在茫茫夜色中飞奔。我已经完全没有了方向感,出了阿尔塔酒店舒适的小圈子,我发现自己突然进入了漆黑一片的无人之境,只有身边这个温暖的声音陪伴着我。

"哈士奇狗拉雪橇?不是驯鹿吗?"我问,我脑子里那幅浪漫的"铃儿响叮当"的图画正在慢慢消失,哈士奇狗我大概知道一点,是北方专门拉雪橇的狗,我在电视里看过,张牙舞爪的,面相有点凶,和温顺可爱的驯鹿实在不能相比。

伊莱恩告诉我,今年雪比往年少很多,这个时候驯鹿拉雪橇派不上用场,哈士奇狗反而比较合适。

"放心,哈士奇狗拉雪橇极为普遍,别以为他们好对付,聪明着呢,对付起主人来,软硬兼施,手段多多,要想驾驭它们,是有点挑战性的,比驯鹿有意思多了!你闻到的饲料就是给他们吃的三文鱼饲料,我们养了四十多只哈士奇狗呢!今年疫情,客人少,它们拉雪橇的机会也少了很多,所以今天你是抢手货,所有的狗都会争着拉你的,不过,我会组建一支适应你的团队,保证你又过瘾,又不会被吓着!"伊莱恩笑着说。

她是个喜欢聊天的人。

"你看,这里是一条河,结冰了,我们一会儿坐雪橇会路过,然后穿过那片森林!"伊莱恩用手指了一下窗外。我顺着她指的方向往外看,窗外漆黑一片,除了偶尔星星点点的灯光,什么也看不见,奇怪的是她怎么能分辨出哪里是森林,哪里是河流呢?我又仔细地看了她一眼,实在是貌不惊人的一个普通女性,她的英语极好,没有任何口音,也没有挪威人初见陌生人的羞涩,我真幸运,在这个伸手不见五指的荒郊野外,碰见了这么一个热情、活泼的人。

"看到山上的那个圆顶大帐篷了吗?那就是萨米人开的餐厅,他们还养了驯鹿,但是今年没有雪橇项目,一会儿我们的节目完了,我可以送你过去吃他们做的鹿肉,听说不错,不过,比起我们厨师的手艺还是差一点点!"伊莱恩对我说。

我向窗外看了一眼,还是什么都看不清楚,而伊莱恩有一双专门对付黑暗的眼睛,山川、河流、森林、帐篷,一切都在她的掌控之中,包括坐在她身边的我,一个人看上并不强悍的女子,如此自如地在这茫茫天地之间驰骋而毫无怯意,真令人羡慕。

第五章　一个冬天的童话

直到此刻,我都不知道她要把我拉到哪里。

"你说的你们,就是福沃德 & 翠娜公司吗?"我问,我对这个名字有些好奇。

伊莱恩告诉我,福沃德和翠娜是一对夫妇,他们经营的是一个特殊的农场,雪橇是其中一个业务,他们有对外营业的餐厅,食材大部分自己养殖,还有民宿、面包店,甚至还有个学校,伊莱恩自己就在学校里担任教师。

"学校?"我有点惊讶,"什么学校?"

"体验生活的学校!"伊莱恩神秘地微笑了一下,"教小孩子了解大自然,认识动物、植物,在野外露营,学看星星、月亮,怎么样?有意思吗?"

伊莱恩的身份太神奇了!司机、采购、雪橇教练、教师、还要负责喂养四十多只哈士奇狗,她到底是个什么人呢?和她比起来,我真觉得自己既无知又无能,而就在几个小时之前,我还在萨米女孩那里吹嘘自己如何周游世界。

"我们到了!"伊莱恩熟练地拐上一条幽暗的小路,我的眼前出现了鹅黄色的灯光,一个温馨、小巧的农场,一点点在黑暗中浮现出来,厚厚的白雪像一床白色的毛毯,温柔地覆盖在屋顶上。

打开车门,一股寒风扑面而来,几乎是与此同时,凶猛的狗叫在黑暗中此起彼伏地响起来,因为这里太寂静,听上去就像是千军万马一般,把我们团团围住,我顿时不寒而栗。大概这就是伊莱恩说的哈士奇狗了,果然不同凡响,光是这像狼嚎一般的叫声就把我吓得半死。哈士奇狗好像就是属于狼狗的类别,所以特别生猛,一想到一会儿它们拉着我坐雪橇,我就不淡定了。

"来,跟我去更衣室,你这身衣服除了手套我看还行,别的都不暖和,你穿我们准备的衣服就好!"伊莱恩说着,深一脚浅一脚地踏雪而行,我在后面跟跟跄跄地跟着,没一会儿,就进了一个明亮、洁净、暖和的更衣室,那里整齐地摆着一排排连体棉衣裤、鹿皮靴、毛茸茸的皮帽子。

伊莱恩细心地帮我挑选着适合我的小号码棉衣,把我从头到尾武装起来,我从镜子里看了一下自己,完全像一个地地道道的萨米人了!

穿上这一身衣服,我起码重了十斤,我拖着这个沉重的身体,跟着伊莱恩出了门。

"现在我要给你组团队了!"伊莱恩的眼睛在黑暗中闪闪发光,显得格外兴奋,"嗯,让我想想,我看四条狗应该差不多了,要不然速度太快你恐怕受不了,性格也要找温顺的,但是领头那个必须有点力气,不然我们上坡就会比较费劲。"她边走边自言自语。

"好了,我心里有数了,你要是不怕,就跟我一起来挑,它们很友好的!"说着,伊莱恩推开一扇栅栏门。

刹那间,一阵惊天动地的狗吠争先恐后地传来,真有意思,这还是我第一次看见这么整齐的"狗宿舍",每只狗一个小屋,

第五章 一个冬天的童话

我们进去的时候，几乎所有的狗都从屋子里跳出来，冲着我们狂吼，吓得我一下子缩到伊莱恩的身后。

伊莱恩从容不迫地大步往前走，不时停下来和某只狗拥抱一下，拍拍它们，叫着它们的名字，还认真和它们聊天——"对不起啊宝贝，今天你就不能参加团队了，看见这个中国女孩了吗？她是第一次坐雪橇呢，我们得保护她，我保证下次就轮到你了！"

看到伊莱恩把选中的团队成员一个个拉到雪橇前面用绳子拉好，那些不能参加的哈士奇狗愤愤不平地嘶吼着，有的干脆跳出来咬住伊莱恩的衣服，我赶紧溜到了门外的雪橇旁边，被选中的哈士奇狗果然都比较温顺，一声不吭地站在雪地里，等着最后的那只领头狗和伊莱恩。

这还是我第一次近距离地看见雪橇，后面是驾驶员的位置，必须得站着，紧挨着扶手的是个挺豪华的座椅，上面还铺着鹿皮垫子，虽然此刻外面的温度是零下二十多摄氏度，但这个毛茸茸的鹿皮垫瞬间让我感到了温暖。

经过好一番拉拉扯扯，伊莱恩终于平息了那些不能出行的哈士奇狗的怨气，气喘吁吁地领着一条大狗往我这边走来，她的工作真的不像我想象中的那么浪漫——安抚这些哈士奇狗可不是件容易的事，我算是领教了。

伊莱恩告诉我，坐在座位上应该注意不要把脚四处放，手要握紧车把,她教我怎么用脚踩闸,怎么示意哈士奇狗奔跑或停住。对她来说,这再简单不过,可是我太紧张了,看得一头雾水。

"这样,一会儿到了平坦地方,你来驾驶雪橇怎么样?"伊莱恩笑着问。

"太复杂了,算了,我还是坐在前面好了,我有点害怕!"我看了一眼前面等得不耐烦的四只哈士奇狗,它们已经跃跃欲试,迫不及待地想冲进雪原了。

"不急,等一会儿你不怕了我们再说!"伊莱恩说着,站到我身后的驾驶位子上,一声长长的呼啸,四只哈士奇狗撒欢在雪地里跑了起来,没一会儿的工夫,我们的雪橇就冲进了森林,消失在茫茫的森林雪野之中。

我终于坐上梦寐以求的雪橇了!我的耳边是呼啸的寒风,虽然戴着厚厚的皮帽,但是这风还是像小刀子一般刺痛我的面孔,钻进我的连体棉衣,尽管我里面穿了三层毛衣,还是冷得发抖,我把手套脱下来录像的几分钟,手指头已经冻得失去了感觉。

但这一切都是值得的!我拨开林间小路上那无数条树枝,看着哈士奇狗欢快地在雪地上飞奔,真是一群可爱而又耐寒的狗狗!我对它们的胆怯一下子消失得无影无踪。我的坐骑颠簸不平,如果不扶好把手,随时都能被摔出去,但是那种难以形容的快乐,如同电流一般一下传遍我全身的每一个毛孔,这才是真正坐雪橇的感觉!没有叮当作响的铃儿,没有戴红帽的圣诞老人,

第五章　一个冬天的童话

那只是童话里的传说，而此刻我的感觉，我和这森林，雪地，月光下白茫茫的、结成冰的大河融为一体的感觉，比任何童话都刺激、美妙得多！

"看见河了吧？全结冰了，冰层挺厚的，我们其实可以直接过河，但是你的安全第一，今天咱们就不冒险了！"伊莱恩站在我的身后，我可以感觉到她的呼吸，她稳稳地驾驭着雪橇，上坡，下坡，不断对哈士奇大声发出指令，她就像是我的守护神一般安全，可靠。

"伊莱恩，你这工作也太美了呀！是不是经常可以这样出来跑？"我回过头大声问。

"每天至少一次，有客人的时候两次，没有客人时哈士奇狗也需要跑跑，我确实很幸运，说真的，如果哪天不跑上一圈儿，浑身都难受！"

这会儿，我们来到一片平坦开阔的地方，伊莱恩一声呼啸，哈士奇狗立刻停了下来。伊莱恩下了车，让我从座位上下来，又耐心地教了我一遍怎么驾驶雪橇，看上去真的不算难。

可是我还是怕，怕哈士奇狗不买我的账，伊莱恩再三承诺她会站在我的身后抱住我一起驾驶，我还是不敢。

"真的没关系，昨天来了个机组，他们没学就自己操作了，不过其中有个女孩摔了一下，我告诉她即使没有踩好刹车也别离开雪橇，结果她一害怕，把雪橇甩了，自己跳出去了！"伊莱恩说着，大笑起来。

"下次，我答应你伊莱恩，我会再来的，我要等白天来，这会儿黑灯瞎火的，我有点怕，下次我肯定自己驾驶，你放心！"我口齿不清地说着。我全身已经快冻僵了，这么冷又这么荒凉的地方，伊莱恩还在轻松地开着玩笑。放眼看去，莽莽天地之间，只有我们两个人，四只哈士奇狗，我们似乎已经离农场很远了，连灯光都看不见，不会有狼吧？我有点忐忑起来。

第五章 一个冬天的童话

铃儿响叮当

　　肯定又降到了零摄氏度，所有房屋的窗户都暗了，
　　只有我们的厨房，还有一盏灯亮着，
　　烟囱旁是明净的月亮，
　　月亮旁，一颗孤星。

　　月光下，森林中，荆棘丛生的小路上，四只哈士奇狗拉着我们的雪橇，朝着远处那片闪着橘黄色的灯光，一路飞奔。
　　我的眼睛开始适应了黑暗，许多神秘的事物静静地藏匿于黑暗，我们不曾，也许永远不会了解其中的秘密——比如，一直陪伴着我的这个叫伊莱恩的女人，她像一座浮雕，稳稳地站在我身后的狭窄的踏板上，用鹰一般敏锐的眼睛扫视着四周的一切，随时准备对付不测风云。她姿态从容地驾驶着雪橇，大声指挥着偶尔淘气的哈士奇狗，还一直和我聊着天，此刻的气温大概是零下二十摄氏度，呵气成霜，一团白色的雾气从身后飘过来，在我眼前弥漫。
　　眼看离我们出发的地方越来越近，我突然对这一切恋恋不舍起来——这漫漫黑夜，皑皑白雪，寒风打在脸上的疼痛，都算不了什么，一切都结束得太快了，我后悔没有听伊莱恩的建议，亲

自驾驶一次雪橇，享受那种在茫茫天地之间腾空欲飞的感觉。

这是个滴水成冰的夜晚，走下雪橇的时候我的双脚几乎麻木得难以迈步。四只哈士奇狗被送回了他们的小窝，一阵狗吠划破四周的寂静，过了一会儿，伊莱恩喘着气向我跑来。

"你如果不急，我们就在外面喝杯红茶好不好？你还可以尝尝我们自己做的巧克力蛋糕！"

我们走到一堆已经生好的篝火面前，旁边的石凳上铺着白色的、毛茸茸的鹿皮坐垫，那跳跃的、金黄色的火苗让我心中感到一阵温暖，伊莱恩想得太周到了，而且衔接得天衣无缝，让她这么一说，我突然感到又累又渴，还有点饿了。

粗糙的搪瓷杯子里，一股红茶的清香热腾腾地传了出来，巧克力蛋糕甜软可口。身边的篝火噼啪作响，这声音有种抚慰灵魂的作用——我大口喝着茶，吃着点心，不时伸出手烤烤火，四周静悄悄的，一阵冷风吹过来，树梢间，月亮的影子若隐若现。

伊莱恩怎么会这么了解我？如果我们回到厨房喝茶吃点心，恐怕会更舒服，更暖和一些，但是却少了一份在夜的怀抱中，在呼啸的寒风里，在满天星斗的陪伴下，坐在篝火旁边的特殊体验。

"伊莱恩，告诉我，你是怎么找到这么酷的一份工作的？"我终于问出憋了很久的问题。

"嗯，怎么说呢？你相信命运吗？"她沉吟片刻。

第五章 一个冬天的童话

"相信，"我毫不犹豫地说，"比如我，一个中国人，心血来潮地跑到这里，和你坐在这里烤火，聊天，是你，而不是别人，我相信就是命运的某种安排。"我手里的红茶有点凉了，我把整个杯子放在篝火旁边。

"其实我是地地道道的英国人，你没看出来吧？让我算算，四年前，我还在伦敦的一家跨国公司做市场营销呢。"伊莱恩笑着说，语气淡淡的，像是在说别人的故事。

我睁大眼睛，眼前这个貌不惊人的女人，穿得完全和当地人一样——厚重的连体棉衣，翻毛皮帽子；驾驶雪橇在挪威的莽莽森林中穿行，完全凭自己的记忆；她大声吆喝哈士奇狗的声音粗犷、奔放，活脱脱的一个土著——唯一让我觉得异样的是她那一口标准的伦敦英语。

"这也太神奇了！你怎么会跑到这个地方来了？什么时候来的？是计划已久还是突然决定的呢？"我的问题成串地跳了出来。我实在无法把眼前这个伊莱恩和一个穿着高跟鞋，全身职业装，坐在伦敦的某个谈判室里的那个职业女性联系起来。

火苗在黑暗中不安分地跳动着，映出伊莱恩那张脸——眼角眉梢全是皱纹，皮肤也不再紧致，这是一张经历过风霜的面孔，岁月在这张脸上留下了痕迹，但是它有一种美，一种让人愿意接近、细细品味的魅力。

"如果真的讲起来，故事就太长了。"伊莱恩说，"人到中年，孩子们也大了，搬出了家，突然间就剩下我和我先生，房子一下变得大而空旷，没有孩子在，我们的话题似乎也枯竭了，我发现，这么多年我们共同的生活能维持下去，其实是因为孩子，我们的一切都是围着孩子转。然后就是我那份工作，我每天起床，梳洗，做早餐，赶地铁，在公司的办公室里出出进进，和一样的人说着几乎一样的话，有一天，我下了班，没有回家，一个人走到泰晤士河边，坐下，我问自己——伊莱恩这是你的生活，你已经这样生活了很多年，你想过没有，你的一生就已经过了大半，下半生是不是还要这样按部就班地过下去？"

我听得入了神："也就是说，不是受谁的影响，而是你和自己做了一次对话？"

"一次很长的谈话，一个人到了人生的某个阶段就会发现，你其实一直在回避和自己对话，你每天可以和别人说很多没用的话，但总是躲着自己，那一次我在河边坐了很久，然后做了决定——离婚，辞职，先到芬兰看看，我对北欧有一种莫名的好奇心……"

火苗渐渐暗淡下来，伊莱恩站起来，飞快地走到存储间，抱了一堆劈柴过来，熟练地放进篝火，用树枝拨弄了几下，很快，金黄色的火苗就活泼地蹿了起来。

"这些木柴是我劈的呢！"伊莱恩笑着对我说。

我在想着她的故事，离婚，辞职，从一个全球最繁荣的大都市之一跑到这个挪威最偏僻的小镇上，每天劈柴、喂狗、开雪橇，教孩子认识大自然，远离故土、家人，这显然不是一次和自

第五章 一个冬天的童话

己的对话就能做的决定,也许,内心深处,她已经准备了很久,只是那个时候,那个在职场拼杀的,每天一身标准的职业装,出现在世人面前的伊莱恩,还不知道而已。

"我能冒昧地问一下,你先生,他不觉得你这个决定很突然吗?你们生活在一起这么多年,又有了孩子,说离婚就离婚了?"

我小心地看了伊莱恩一眼,我知道我的问题触及了她的隐私。

"确实颇费了一番周折,而且我的两个孩子也不理解,甚至我自己辞职的时候也没有想好我去芬兰做什么,我到底想要什么,我不知道,我只想离开伦敦,离开那个牢笼,到一个没有人烟的地方无拘无束地撒欢。没多久,我买张机票就去了,我在芬兰第一次坐了雪橇,而且学会了驾驶雪橇,一口气待了一个月,每天驾着雪橇在雪地里跑,你知道那种感觉,然后我想,这就是我要的生活。"

"然后你就从芬兰来了这里?"我问。

"对,那个时候我已经可以很熟练地驾驶雪橇了,但是哈士奇狗不是很容易对付,我得从头学起,这里是个私人农场,我们大家生活在一起就像一家人,一起吃饭,过节也在一起,每天各种繁杂工作,什么都要干,喂狗,带他们出去跑,有客人的时候做早餐,我们有自己的面包房、餐厅,工作很辛苦,但是我和老板提出的条件是——每天我都必须带着哈士奇狗在外面跑两个来回，他们满足了我的要求。对了，我的市场营销经验也派上了用场，我还负责农场社交媒体的宣传呢。"

伊莱恩的语气仍然很平静，我仔细打量着她，她的坐姿，她干活的样子，已经是地地道道的劳动人民的形象了，难道她就一点不曾后悔？不留恋伦敦的一切？这样的生活，我也可以过上一个月、两个月，可是她居然已经在这里做了四年！

这无疑是一个有趣的灵魂，居然在这样一个偏僻寒冷的小农场里让我碰见了。我曾经读到一句话："有趣的人都是孤岛，你不会在大街上或派对上遇到这样的人，你得知道他们在哪儿，然后花心思找到他们。"

"你知道，伊莱恩，很多人都曾经像你一样，有过自己的梦想，但是那一步，关键性的那一步总是迈不出来，因为是没有回头路的，可是你走出来了，你在过自己想过的生活，那以后呢？就在这里永远待下去了？"

夜深了，火苗越来越小，伊莱恩没有再加劈柴，她站起来，第一次，我在她的脸上看见一丝疲倦的表情。

"这个世界上到底有什么是永远的呢？ 我看没有，好了，时间不早了，来，我们去换衣服，我送你回酒店，我明天一早还得起床喂狗，打扫狗圈，然后进城接另一拨客人。"

黑暗中，伊莱恩发动了吉普车的引擎，一个转弯，我们就离开了农场，开上了回酒店的那条公路。我深深呼吸一下车厢里哈士奇狗吃的三文鱼饲料那股咸腥的味道，几个小时以前，这个味道还让我不适，而现在，它却让我感到一种莫名的亲切。车窗外，雪花无声地飘落下来，那橘黄色的灯光离我们渐行渐远，伊莱恩一路上都很安静，不知道是不是我们的话题触动了什么——我有很多问题想问她，比如，她现在的生活，难道不是又成了一种固定的模式？只是换了个环境和内容而已，而生活一旦有了这种模式，就必然让人感到窒息，对此，她是怎么想的呢？

还是把问题留到下一次吧，我想。

可是，真的会有下一次吗？人在旅途，很多地方、很多人都曾让我恋恋不舍，我却从来没有回去过。但是，这个叫"福沃德&翠娜"的农场，有点神秘的伊莱恩，这个冬天里的童话，深夜篝火边的交谈，都似乎没有完结。

"低温之美"

"美在低温下也依然是美。"

此刻,站在阿尔塔索瑞斯尼瓦冰酒店的门口,我想起这句不知从哪里读到过的一句话。这家酒店我很早便有耳闻,它就在阿尔塔河边上,冬天,当地人在河里用机器破冰,取出大堆的冰块,建成一座奢华的冰雕酒店,酒店的内外装修,甚至酒吧的玻璃全部由冰做成,每年一月投入使用,到了三四月,随着春天的脚步姗姗而来,大地复苏,冰雪融化,整个酒店便魔幻般地消失。

让我痴迷的是整个酒店消失的过程,一个正式运营,有三十多间客房,如同海市蜃楼一般神奇地消失,那会是一种怎样的画面?我想象不出来。我的挪威朋友罗伊去年就在这个酒店住过一夜,据说价格不菲,房间里零下七摄氏度,虽然酒店给了他两个睡袋,但还是把这个来自挪威北方的大汉冻得半死。

"如果是我,至少抱一个热水袋睡觉,不行就两个!"去阿尔塔之前,我对罗伊说。

罗伊大笑起来,说:"热水袋?你还不如让他们给你放个电

第五章　一个冬天的童话

暖器呢，睡到半夜你的房间自己化掉，然后直接被雪藏，连棺材都省了。要的就是体验这种冰天雪地里睡觉的感觉，可惜你去得有点早，估计酒店还没建好，如果好了，你即使不住，也要记得去酒吧喝一杯他们用冰杯做的蓝色伏特加！"

晶莹透明的冰杯里晃动着蓝色的伏特加，想一想都奇妙无比，伏特加是白色的，冰也是白的，那么这个蓝色又是从何而来？有时候我会在一些特别细小的事情上穷追不舍。

我到阿尔塔的时候是去年12月15日，进了酒店就迫不及待地向前台打听那个神奇的冰酒店，前台打电话过去，对方说确实还没有建好，要到圣诞节后才能对外开放，今年气候比较暖，加上疫情，整个工期都拖延了。

"圣诞节也没几天了呀，总能看点什么！"我不屈不挠，软磨硬泡，最后对方终于同意我过去，而且经理会亲自陪我参观，就是因为我是中国人，而且是写旅行文章的。

晚上七点，出租车把我带到冰酒店的所在地，远远看去，墨蓝色的夜空下，一个巨大的白色帐篷赫然而立，我们的车驶过坑坑洼洼、灯光闪烁的工地，来到帐篷旁边的一个圆顶木屋前。司机告诉我这是酒店旁边的餐厅，前台也在这里，帐篷里的才是那个没有建好的冰酒店。

"今年我们冰酒店的主题是海盗！"接待我的酒店经理身材高大，年轻气盛，眉宇间闪过一丝愁容，像大部分挪威人一样，惜字如金，不善言谈。

工地上灯光闪烁，不时有人拿着工具从我们身边穿过，别人在忙，我在添乱，我心中不安，诚惶诚恐地跟着经理走进那个神秘的大帐篷——我的眼前是一条长长的、银光闪闪的冰雪走廊，虽然地上还放着梯子、电线、钻头，但已经可以看出一个富丽堂皇的水晶宫殿的雏形。一个穿着厚毛衣的挪威女孩正在一点点地雕琢着一件冰雕，不紧不慢的，尽管这里的温度已经是零下七摄氏度，我穿着厚厚的毛衣、皮衣，还冻得发抖，而她却似乎毫无感觉，完全沉浸在自己的世界。她身后，一个洁白的洞穴中，矗立着一个已经完成的海盗冰雕，工艺是如此细致，我能清楚地看见他的头发、胡须，甚至他脸上专注的表情。

"这是我们其中的一间豪华客房，这是房间的墙壁，床头就对着这个海盗！"经理耐心地给我解释。

"床也是冰做的吧？"我傻气地问了一句。

"那当然，不过上面铺着驯鹿皮，很舒服的！"经理淡淡地说。

我能想象出整个酒店完成后的壮观、美丽，可惜，这次我是看不到了。

飞机离开阿尔塔的时候是一天中最美的时刻——中午十二点。天还没有完全黑尽，一层柔和的珠灰色薄云轻盈地在天空散开，短短的两天，对这个城市，我已经许下两份承诺，一份是给

第五章 一个冬天的童话

伊莱恩的，她就像这个冰酒店一样，是一个未完成的故事，而就是因为没有完成，反而令人回味。

我曾经在蕾切尔·卡斯克的《一个知识女性的思考系列》中读到过这样一段话："有时候人们获得自由之后做的第一件事，就是换个角度看待曾经限制他们的东西，有点像旋转门，你既不在里面，也不在外面。你可以待在旋转门里，愿意转多久就转多久，只要不出来，就可以说自己是自由的。"

而伊莱恩走出了那个旋转门，进入了一个她梦寐以求的，与她从前的生活完全不同的世界，在这个世界里她似乎如鱼得水，至少让我这个外人看来是如此，然而她真的快乐吗？为什么我们在篝火边喝茶的时候，我感觉到她的眼睛里闪过一丝不易察觉的落寞？

难道伊莱恩真的会在那个小小的农庄度过她的一生？

从阿尔塔回来不久便是圣诞，罗伊邀请了几位朋友在他家一起过。这个不甘寂寞的北方男人，在自家残败的冬日花园里，生生建成了一个小小的绿色王国。夏天，这是一间四面玻璃的阳光房，此时阳光自然不见踪影，但房间里到处是温暖柔和的烛光，殷勤地点亮每一个黑暗的角落；又不知他从哪里搜罗来了大大小小的松树，在房间中散发出阵阵雨后森林的清香；椅子上铺着毛毯、鹿皮；锅里熬着挪威圣诞节喝的"格拉格"的红酒，红酒里放了榛子、葡萄干，味道酸酸甜甜的，恰如即将过去的这一年的心情。

我守着电暖器,抱着毛毯,听着略带伤感的爵士乐,细品"格拉格"的芳香,突然听见罗伊在门外叫我,从窗户里向外看,却是雾气弥漫,模糊不清,我用手擦了一下玻璃,罗伊的影子若隐若现,那个镜头,被他当即拍下,很久之后才给我看。那一刻,如同定格一般,令我突然想起远在阿尔塔的伊莱恩。算起来,世间奇特女子,在我经年的漂流中也见识过几位,但是不知道为什么,我看伊莱恩, 如同雾里看花,总也看不清,却又常常惦记。

阿尔塔又下雪了吧?在那个被白色主宰的冰天雪地中,我隐约看见一个瘦小单薄的女子,驾长车在天地间遨游,似绝尘而去,抛下本来已经得到的人间温暖。而这一切,究竟是否值得?即便她真的看破这疮痍满目的红尘,难道就不曾有丝毫悔意?

挪威最难熬的便是冬天,昼短夜长。我住的城市在挪威西部,每天早上十点天空才泛起熹微的晨光,下午三点,即便还有丝丝缕缕的日光,却也是气数已尽,想到在北极圈的伊莱恩,一天二十四小时置身黑暗王国,真不知她是怎么度过这漫长的日子。

因为亲身见识过那不见天日的黑暗,对眼前这如同金子般的寸寸光阴,我便格外珍惜。冬天,有阳光的日子对挪威人来说便是节日,男女老少扛着滑雪板上山,大呼小叫,而我发现自己竟然也开始气定心闲地读书,读七堇年的《尘曲》——我也不是那种爱向命运挑战的人,并不想挖空心思征服它。我和命运是朋

第五章 一个冬天的童话

友,君子之交淡如水,我们形影相吊又若即若离,命运的事情我管不了,它干它的,我干我的,不过是相逢一笑泯恩仇罢了。

这分明说的就是伊莱恩嘛,我想。对于命运,她不曾有过任何抱怨,也没有听见她说过什么豪言壮语,把命运这个大题目且放在一边,阳关道也好,独木桥也罢,只管默默走自己的路,淡定而从容。

二月中旬,挪威北方的朋友在"脸书"上发出第一缕阳光的照片,背景是蓝得醉人的天空,只有经历过四个月二十四小时黑暗的人,才能体会到那种重见天日的狂喜,我想起在阿尔塔的那个风雪夜,我对伊莱恩的承诺,还有那个没有建好的冰做的酒店,二月的阳光下,是不是已经开始渐渐融化?

一时心急,匆匆买了机票,再度踏上飞往阿尔塔的旅程,这一次,我订了"福沃德 & 翠娜"的小酒店,客房只有几间,价格相当昂贵,离市中心又远,如果不是亲自去过,相信很少有人会住到这里。我打电话的时候特意问了一句,伊莱恩是否还在这里工作,对方微微一惊,然后告诉我她确实还在,我这才放心。

阳光下的阿尔塔,一切都是那么熟悉,又有点陌生。蓝天,白雪,螺旋形的教堂,再没有"大号冰激凌"的感觉,那伸向天空的教堂尖顶,倒像是一根巨大的手指,指点通往天国的路途。我没有再进去,与这个教堂,也算是有过一面尘缘,远远看到它,已经心安。

我坐的出租车迅速开出市中心,向郊外驶去。窗外是无尽的蓝天，素净的白雪，望不到边际的长河，河水尚未解冻，刀锋一般的雪亮。想起去年那个夜色浓重的晚上，我和伊莱恩也曾开车经过这里，她指给我这条河的时候，还是一片模糊暗影，而此刻，一切清晰可见，我反而有几分失落，在阿尔塔，我练就了一双习惯黑暗的眼睛，对于这突如其来的光明，还是感到陌生。

远远地，我就看见写着"福沃德＆翠娜"的木牌，这是我第一次看清楚这个小小的农庄，它四面被森林和雪山包围，但却不觉得拥挤，我细细辨认着那一个个小小的、童话般的房子，屋檐上落满厚厚的积雪，有暗红色灯光的那间我知道是鸡舍，伊莱恩告诉我他们是自己养鸡；旁边是面包房，吐出缕缕缥缈的炊烟。这时，雪地上突然出现了几个穿得厚厚的小朋友，鲜红的羽绒服在阳光下格外耀眼，他们的身后，有一个我熟悉的身影，拉着几个小孩子的手，正向我这边走来。

"伊莱恩！"我开心地大叫一声。

第五章　一个冬天的童话

孤独的收集者

伊莱恩听见我唤她，抬起头，眯起眼睛向我这边张望着——这是二月的正午，来自北极圈中的阳光，无遮无拦，火辣逼人，彼时，她脸上的皱纹，发中的银丝，清晰可见。我跑过去，向她张开双臂，动作完全是无意识的。我们并非老友，她甚至不一定记得我的名字，更不会想到因为一起度过的那个难忘的夜晚，我会大老远地跑回来找她。

她也认出了我，只是她的那份拥抱，不像我们上次分别时那样热烈——她穿了一件挪威传统的绞花毛衣，头发随意扎起来，眼睛里有几分疲倦。

"伊莱恩，这次来，我要在这里住两天，学会驾雪橇，你看怎么样？"我兴奋地问。

"当然欢迎，来，我先带你到前台入住，然后安排一下学雪橇的事情！"她的神态淡然，有点公事公办的样子。

这是两个月以来我常常想起的那个伊莱恩吗？她看我的眼光和看陌生人没什么两样，连我自己都恍惚起来，两个月前那个月黑风高的夜晚，和我一起在茫茫雪地中驰骋，篝火边喝茶谈心的那个女子到底是不是眼前的这个人？

前台的中年男子是我上次见过的,福沃德这里的老板。福沃德的脸上一丝笑容都没有,在挪威这么久,对他们骨子里的这份淡漠,他们的惜字如金,我还是难以习惯,对于我的抱怨,挪威朋友只说是北欧人性格腼腆,认识时间长了,你有困难,他们会第一时间来帮你。只是,旅行中的人本来就是匆匆过客,哪里有时间和谁去地久天长?和伊莱恩上次见面之后,我曾想,幸亏她不是挪威人,不然怎么会有深夜在雪地烤火、烹茶倾谈的那一幕?

我办入住手续的这点时间,伊莱恩已经消失得无影无踪。福沃德带我上楼,进门是一个客厅,布置得倒也温馨,我的房间干净、宽敞,窗外是素净、蓝得晃眼的晴空,无边无际的森林,装满木头的小屋外面,有人正在雪地里砍柴,声音传出好远,那一瞬间,我的心突然被从四面八方袭来的寂寞填得满满的。

"还有一位客人,住你旁边这间房,她晚上才回来,你先休息,我们这里晚上七点开饭!"福沃德说完,转身离开。

我看下表,现在才三点,这四小时我应该做什么?伊莱恩又去了哪里?我是不是可以去找她?

天色正在一点点变暗,我突然饿了,于是下楼去找福沃德。

"这会儿我们只有鱼汤,午饭时间已经过了!"他的语气毫无热情。

这个福沃德,我已经对他心生厌恶,哪里有这样对客人说话的？一个天涯海角的小旅店的小老板，竟然这么傲慢！可是我看出来，伊莱恩对他还是有几分敬畏的。

趁着等鱼汤的时间，我穿好挂在走道墙上的大衣，打开门，踩着厚厚的积雪，深一脚浅一脚地往对面那个办公室走去，我记得上次就是在那里换的衣服，也许伊莱恩就在那里呢。

外面的空气如甘露般清新，深吸一口，心中的阴影散去大半。放眼看去，整个农庄被厚厚的白雪覆盖，冰清玉洁般纯净。我突然想到《红楼梦》中宝玉出家那一幕——白茫茫一片真干净。走着走着，大雪没到了我的膝盖，却并不觉得冷，如果有人从远处看我，看到的将会是一个没有小腿的人。哈士奇狗的叫声打破四周的宁静——这是我习惯了的声音，我和这个小小的农庄，似乎有一份天然的尘缘。

办公室的女孩告诉我，伊莱恩今天休假，进城了，明天的雪橇学习她已经安排妥当，让我放心。我的心顿时一沉，踏雪寻人，而那人分明在躲你。十几分钟前我们才见过面，怎么突然就休假了？明摆着是不想给我机会聊天。我踩着雪地中自己的脚印默默走回去，一进门便闻到一股鱼汤的清香，我这才看清楚，原来一楼是个大厨房，已经有几个穿白制服的厨师在忙进忙出，其中一个告诉我，我的午餐已经摆在旁边的餐厅了。

这真不是一家简单的农家旅店——我环顾四周，大玻璃窗，清晰而透明，让人感觉如同在白雪覆盖的森林中用餐，黑色的壁炉叶出温馨的火苗，窗台上摆着小小的绿色植物，桌上的烛光闪动。而我点的鱼汤更是香气扑鼻，而且餐具非常讲究，无论是放面包的木盘还是汤碗，朴拙而精致，绝不是廉价货。

我用面包蘸一点汤，味道果然不一样，估计是出自他们自己的面包房，紧实，口感细腻，鱼汤浓浓的，加了奶油，味道无比鲜美，分量也足，我趁热喝下去，身和心同时温暖起来。

在窗明几净的餐厅里独自用餐，与伸手可触的大自然悄然对坐，我所有的怨气消失得无影无踪，唯一的牵挂就是伊莱恩，我安慰自己，成年人的孤独，往往苦涩婉转至难以言喻，也许上次那一晚她的心情好，不小心吐露心底的秘密给陌生人，事后又觉得不舒服。七堇年有句话，我一直记得："若心底是冷的，便会畏惧暖热。像一个严重冻伤的人，不能突然接近温暖，否则伤处便会迅速溃烂发黑。"

明天见到她，我会装作若无其事，学我的雪橇便好。

吃完午餐，我回到房间，戴着耳机听雷光夏的《时间的密语》，永远是那个在耳边窃窃私语般的声音，听着听着，整个人就像被海水渐渐包围，被缓缓带到很远的地方，然后，退潮，再次被冲到岸上。不知过了多久，有人轻叩房门，我被惊醒，连忙应声——一张笑盈盈的脸探了进来。

"嘿，你就是那个新来的，我是你的邻居。"说着，她走进来，把一个大书包放在地上，动作轻柔——是个戴着眼镜，样子斯文的中年女子。

我有几分欢喜，终于有人说话了，而且主动上门，可见不是

第五章　一个冬天的童话

那种所谓羞涩内向的挪威人。她介绍自己是脑科医生，住在特罗姆瑟，在本地出差，因为阿尔塔位置偏远，没有大医院，所以她每月来一次，如果病人情况严重，再用直升机送到特罗姆瑟的医院。

脑科医生，多么高贵的职业！相比之下，我这个写东西的倒有点像江湖上的杂耍艺人。

"马上七点了，吃饭的时候见！"说着，她冲我微笑一下，拎起大书包，一阵风似的走了出去。

夜色，如一张密密的细网，温柔地覆盖了整个农庄。我下楼，走进餐厅，几乎不相信自己的眼睛，烛光摇曳，宾客满座，穿着白制服的服务生无声地穿梭于客人之中，我仿佛置身于某个大城市的高档餐厅。原来伊莱恩上次说得没错，这家餐厅远近闻名，很多人开着车老远过来就是为了吃顿饭。

迎头碰见福沃德，他居然破天荒地冲我微笑了一下，把我带到一张靠窗的桌前，我告诉他那位女医生肯定会和我坐一起，所以，请把她的餐具也准备好。

"你确认吗？"福沃德怀疑地看着我。

"当然！"我有点不耐烦地说，心中冷笑——两个人住在一个套房，彼此已经见过面，坐一起吃顿饭还不是理所当然的？挪威人真是，一丁点小事也那么小心翼翼。

没有几分钟，女医生果然翩然而至，她换了一件黑色高领毛

171

衣，披一条方格披肩，头发散下来，和刚才风尘仆仆的样子又是不同，可见晚餐对她是个重要的仪式。我迎上去，告诉她我自作主张把她的座位安排在我对面，希望她不介意。她皱皱眉，脸一沉，说道："对不起，我和病人说了一天的话，这会儿只想安安静静地吃个饭，我可以坐在你旁边的那张桌子，但不想和你分享一张桌子。"

我还没反应过来，她已经利索地让人把她的餐具搬到旁边的那张桌上，那张桌子位置并不好，靠墙，背冲我，她回过头，毫无歉意地冲我笑笑，然后专心看菜单。

我尴尬地坐在那里，我和她之间的距离不到一米，但是那份难堪，还不如隔着十万八千里。这次来阿尔塔，真是诸事不顺，伊莱恩已不见踪影，刚才还在我房间里聊天的女医生此刻又视我为麻风病人，唯恐避之不及，而且说得那么直接，连句客气的借口都懒得编。

我转头看向窗外，这是个没有月亮的夜晚，至少从我这个角度看不见，狂风怒吼了一阵，吹得雪花飞扬，然后转为低声呜咽，抽抽搭搭地拍打着窗户，像个被关在门外的绝望妇人。餐厅里，除了我和女医生，旁边的人不是成双成对，便是一桌人喝得酒酣耳热，高声谈笑，更显得我们这个角落无比冷清。

没过多久，我点的蓝贻贝上来了，满满一锅，热气腾腾，一股海鲜的香味扑鼻而来。要说美食，这里真是不含糊，好吧，这次来，就是为了吃也是值了。水煮蓝贻贝是我最喜欢的一道菜，

第五章 一个冬天的童话

虽然它更适合两个人吃,有一搭无一搭边吃边聊,很是惬意。我看看旁边的女医生,她正津津有味地品尝鹿肉,喝红酒,专心致志,旁若无人。

我本来已经做好和这个女医生全程无交流的准备,甜点快吃完的时候,她侧过身,开始和我聊天,大概是吃得开心,忘记了刚才的不快。她告诉我她每月来阿尔塔做一次巡诊,这个旅店就是她的据点,如果为了方便,她完全可以住在市中心,但是这里让她感觉更舒服——真是典型的挪威人,对他们来说,没有偏远这一说,越偏越好,我叹口气,我要修炼到什么段位,才能欣赏挪威人对孤独这种奇特的审美?似乎,连来自伦敦的伊莱恩也进入了这个境界。

"你住的特罗姆瑟可是北方的大城市,号称挪威的'小巴黎',我好喜欢呢,又时尚,风景又美,面朝大海,运气好还能看到北极光。"我并没有刻意讨好她,说的是真心话。

"对我来说,市中心太热闹了一点,我住郊区,连个邻居都没有,非常安静,和这儿差不多!"女医生缓缓喝了一口红酒。

"你一个人住?"我暗中打量她,她年龄不小了,但是面孔依然秀气,看得出年轻的时候是有几分姿色的。

"是的,我非常幸运,对不对?"她笑着回答。

真的有人如此享受孤独吗?我很怀疑,短时间也许可以,但是如果孤独成为一种生活的常态,其中的乐趣又在哪里呢?我想不通。

吃完饭，虽然不到九点，但我已经困得睁不开眼，正准备回房间睡觉，女医生兴致勃勃地提出我们一起去森林中散步。她是不是有点不正常？我恐怖地想。这黑漆漆的夜晚，滴水成冰的天气，野兽埋伏的森林，如果是和伊莱恩，我们有哈士奇狗带路，自然不用害怕，可是这会儿，我们两个赤手空拳的女子，如果不小心被狗熊或者狼什么的吃了，连个尸骨都找不到。我们的客厅又温馨又舒服，两个人舒舒服服地坐在沙发上聊天不好吗？

我把我的担心告诉她，她笑得前仰后合——你的联想也太丰富了点，我每次都自己在森林里走好久，就碰见过麋鹿，哪来的狗熊和狼？你跟着我走，保证你活着回来！

我被她逼到墙角，当然不肯示弱，于是硬着头皮回房间穿衣服。

"看，这是我昨天晚上散步时拍的北极光，就在前面的森林里！"她拿出手机给我看。

"拍得不错，我在特罗姆瑟看见过，在我房间的阳台上欣赏了一夜，你在那儿住，难道没见过北极光吗？"此刻，我们俩沿着一条空空荡荡的公路往森林中走，寒风刺骨，虽然我整个脸都缩在厚厚的毛衣领子里但还是冻得发麻，说话都费劲。真该死，她管这叫散步，对我来说，这是受罪。

"当然见过，但是你不觉得北极光很美吗？而且瞬间即逝，难以预测，全凭运气才能看见，我对此很着迷！"在这风声鹤唳、漆黑一片的森林里，女医生步履轻盈，从容自得，干脆连手套都不戴，捧着手机，用微弱的手电照明，边走边向天空张望。

"不管是什么，刻意寻找，往往难以得到，我跟你打赌，今天天气好，从我们的客厅里其实也可以看见北极光！"我说。

她沉默了一会儿，说："就像爱情，对不对？"

什么像爱情？我半天才反应过来。

我想告诉她那首古诗——"众里寻他千百度，蓦然回首，那人却在，灯火阑珊处。"可这哪里是诗情画意的地方？零下二十多摄氏度的天气，她居然有心情讨论爱情，好像我们此刻在春风拂面的杨柳岸边散步。

我突然明白了为什么眼前这个人会单身到现在，如果她非逼着情人在这种天气出来散步，纵使那人有万般柔情，单是这寒风刺骨的天气就能把他所有的情话封住。女医生是个外表冷漠、内心活泼可爱的人，可是，又有谁能接受她这样多变的个性和奇特的嗜好呢？转念一想，生命何其短暂，如何度过，应该全凭自己决定，看她一个人，也把日子过得风生水起，谁说一定要和某个人厮守一生才是幸福？

回到旅店不久，我正在烧开水准备泡茶，突然听见女医生一声尖叫，我赶紧跑过去，只见她站在客厅的窗前，正对着外面疯狂拍照。窗外，一抹淡淡的绿色出现在天际，那是北极光的魅影，她让我把所有的灯都关上，打开窗户，任凭寒风吹得窗帘噼啪作响，从她的房间拍到我的房间，再回到客厅，四处找角度，蹦来蹦去，完全像个孩子。

那天晚上,我精疲力竭地躺在床上,心想,看来,孤独也是有各种形态的,那么我这个邻居,恐怕就是郭珊所描述的那种"天生的,迷人的"孤独者吧。

第五章　一个冬天的童话

温柔之乡

温柔之乡的第一夜，在无声的落雪中悄然过去。

早晨，我被窗外传来的一声声有节奏的砍柴声惊醒，起身向外张望，只见森林的树枝上，覆盖着层层叠叠的白雪，像是被谁精心设计过。雪地上插着一把鲜红色的铲雪板，一个穿着花毛衣，戴着红毛绒帽的身影正一趟趟把劈好的木柴整齐地摆放在小木屋中，我一眼认出，那是伊莱恩。

这幅画面的解读，真的要看观者是谁，假如我不知道伊莱恩的故事，我会用海子的诗来形容——

从明天起，做一个幸福的人，
喂马，劈柴，周游世界。
从明天起，关心粮食和蔬菜，
我有一所房子，面朝大海，春暖花开。

这个被无数文青所向往的、遥不可及的生活，居然被伊莱恩实现了，而且她的生活远远比这个丰富——喂狗，教书，驾驶雪橇，可是为什么昨天我在她的脸上看见一抹忧郁？也许，无论看上去多么完美的生活,一旦被囚禁,便失去了其中的美——我披着暖融融的毛毯,端着热茶,对着楼下伊莱恩忙碌的身影看了很久,想来想去,终究不敢推窗户,向她道一声早安,那样一来,居高临下,我们之间的距离,恐怕会更大。

洗漱完毕,我下楼吃早餐,迎面便碰见伊莱恩。这会儿,她系着围裙,正在厨房里忙,只见厨房的长长的木桌上,摆满了各种精致的小碟子、奶酪、腌肉、火腿、虾仁、牛油果、西红柿、各种水果、果酱、面包,浓浓的咖啡香弥漫在空气中。

"这是我们的自助早餐,想吃什么随意,你喝什么?咖啡?茶?我去帮你拿!"伊莱恩笑盈盈地问我,是那种礼貌、客气的笑。

我立刻浑身不自在起来,怎么可以让伊莱恩伺候我?毕竟她是我师傅。我一边四处找茶叶,一边问起一会儿学开雪橇的课。伊莱恩告诉我,我吃完饭直接去更衣室找她,她负责教我。

"我就在厨房吃饭好不好?陪你说话!"我央求伊莱恩。

"你的餐具都在餐厅摆好了,我把壁炉也生好了,我看你还是去那里吃吧,今天我们这里忙,下午还有一批客人来,我真没时间说话!"伊莱恩手里忙着,头也不抬地说。

我当然看出她不是敷衍我,一早上就这么多活儿——劈柴、开饭、喂狗、开雪橇,看着都觉得眼花缭乱。

窗外是白色的冰雪王国,室内温暖如春,我只需穿一件衬衫就够。木柴在壁炉里噼啪作响(现在我知道那也是出自伊莱恩之

第五章 一个冬天的童话

手),我把一层厚厚的黄油涂到柔软而紧实的面包上,慢慢咀嚼。回想着从昨晚到今天看到的一切细节,开始对福沃德和翠娜两口子生出敬意。虽然夫妻俩都是一脸严肃,一句客气话没有,但是他们在如此偏僻的北极圈里的一个小山村中精心打造的这个别致的农庄,一汤一饭,一器一物,竟不次于任何一家五星级酒店,怪不得从挪威的"小巴黎"特罗姆瑟来的女医生每次到阿尔塔都要住在这里。

只是北方地广人稀,每个人都要身兼多职,必须无限地发光发热,老板福沃德要做前台,晚上还要给客人倒酒;老板娘翠娜刚接受完某家报纸的采访,转身回到餐厅,随手就把洗好的碗碟放进橱柜,还要趁机溜一眼客人用餐是否愉快。伊莱恩更不用说,教师、教练、服务员、劈柴人,时间长了,估计自己也怀疑她曾经是那个从伦敦走出来的,光鲜靓丽的职场丽人。

"你来得真是时候,去年的雪特别少,今年几乎每天都是大雪,铺天盖地,最适合滑雪橇!"伊莱恩和我站在哈士奇狗宿舍的外面,一辆铺着鹿皮的雪橇停放在我们面前。

伊莱恩打开门,几十只哈士奇狗似乎心有灵犀,已经在自己的窝外左顾右盼,伊莱恩仔细地挑选着我的"团队"。她选的成员都比较安静,每一只被选中的哈士奇狗都得意扬扬地昂头走过同伴的小窝,如同一场时装秀,每走过一只,都招来一阵惊天动地的狂吠。一番拉扯之后,伊莱恩终于气喘吁吁地把五条狗拴好,然后开始教我,她还是那么耐心,就像上次一样。

179

"脚,主要是脚,这样踩就是正常速度,这样就是加速,这样就是停止,你看,非常容易!"伊莱恩不厌其烦地反复给我示范,她实在是个好老师。

理论上,驾驶雪橇并不难,但是一看见那五只龇牙咧嘴、急不可耐想要冲进雪地的哈士奇狗,我就肝儿颤。

"行,我差不多了,那你坐前面?"我把心一横,管他呢,大不了摔个四脚朝天,那又有什么?雪地看上去那么干净柔软,摔就摔吧。

"这一段小山坡有点陡,我先开着上去,到了平地你再上!"伊莱恩笑着看我一眼,这是我熟悉的笑容,这一上午,她的角色换了三次,砍柴人、服务生、教练,最后这个才是真正的伊莱恩。

伊莱恩一声长长的呼啸,我们的雪橇晃晃悠悠地冲进了森林,五只哈士奇狗兴奋地在雪地上撒着欢,毫不费力地爬上了山坡。我坐在雪橇前面,深深地呼吸着森林中散发出来的醉人清香,五脏六腑被洗净般的酣畅。上了坡,我们的雪橇向一片白茫茫的开阔地带飞奔。冬日的阳光,丝毫无法抵挡扑面而来的寒风,尽管我的面孔被冻得已经失去了感觉,但我还是直起腰,从皮帽中探出头,贪婪地看着四周的一切,如同一个重见光明的盲人般狂喜,这就是去年十二月那个月黑风高的晚上我们走过的路线,而那个时候,我什么也没看清。

"停下来吧,我觉得我准备好了,现在该你当乘客了!"我回头大声对伊莱恩喊。

"哈哈,终于忍不住了吧?"伊莱恩停下来,笑着对我说。

"坐雪橇真是太亏了,哪有开过瘾?我来,看我的!"我下了车,迫不及待地奔到雪橇后面的驾驶位置。

"你别怕,反正有我在,有了问题他们会听我的,你大胆开就是!"伊莱恩坐进了我的位子,回过头对我说。

站在驾驶员的位置,有种掌控一切的感觉,我可以看到远方无尽的雪原,绿色的森林,若隐若现的山坡,阳光下,雪地反射出碎钻般的光泽,诱惑地召唤着我——双手握住扶杆,左脚踩在雪橇板上,右脚控制速度,手要握紧,脚发出的信号必须明确,是停还是跑,快还是慢,一定要清楚,否则哈士奇狗就会乱套。我在心中默念伊莱恩的指令,然后,松开手柄,右脚完全离开刹车,五只哈士奇狗对我的动作心领神会,齐心合力地撒腿在雪地上跑起来。

我的身体突然变得轻盈了起来,轻得如同春天里一只戏水的燕子,厚重的衣服仿佛离我而去,我的手和脚都能感到哈士奇狗的脉搏和力量,风呼呼地刮过,卷起千堆雪,肆意打在我的脸上。我随手擦一把,大笑起来,突然明白了为什么伊莱恩选择了这样一种生活,只为了这一刻,一切也是值得的,天地茫茫,人烟全无,独驾一辆雪橇,如自由的精灵一般飘然欲飞,这种感觉,如果不是置身其中,亲身体验,永远不会知道那快乐的源泉来自哪里。

远远的,洁白的雪海之上,我看见一队哈士奇狗拉着一辆雪橇正飞快地向我们冲来,速度越来越快,我有点慌,这两兵相接的阵势我还是第一次见。

"不要怕,不用停下来,一直开!"伊莱恩回过头,大声对我发出指令。

话音刚落,我们两边的哈士奇狗都狂吠起来,还没等我反应过来,风驰电掣一般,对面那个雪橇已经擦身而过,我隐约看见一个戴着皮帽的男人的笑脸,算是和我们打过招呼,就像武侠小说读到的那种情景——江湖之上,不问英雄出处,相逢一笑,从此不见踪影。

"我们快到家了,看见前面那个坡了吗?有点陡,要不我来吧?"伊莱恩回过头对我说,她看上去有几分落寞,今天这一路几乎都是我开雪橇,她没过上瘾。

"这样的好事儿就轮不到你了,我自己行,你干脆下去好了,帮我拍个视频!"我的兴头正大,连礼貌都顾不得了。

伊莱恩只好拿了我的手机下车,五只哈士奇狗有点蒙,跃跃欲试地朝伊莱恩的方向挣扎,我死死踩住刹车,等伊莱恩举起手机,我轻轻把脚一松,狗儿们顿时心领神会,只听一声呼啸,我的雪橇腾空而起,飞速冲下山坡。

"怎么样?我出师没有?可以来抢你的饭碗了?"换衣服的

时候，我对伊莱恩嬉皮笑脸地说。

"你哪天把哈士奇狗自己牵出来拴上，那才算是出师！"伊莱恩笑着瞪我一眼。

按照惯例，最后一个节目是篝火边的红茶和点心，伊莱恩提起的时候我才知道，原来上次的雪夜长谈，其实是经过设计的程序的一部分，只是当时的情景，心情都配合得极好，作为客人，我竟然入戏了，而作为主人的代表——伊莱恩那次也情不自禁地道出了心声。这会儿虽是白天，篝火可以有，点心也是现成的，可是那份心境却不再回来。

也罢。

坐在暖洋洋的餐厅，看阳光静悄悄照进来，给那本来有点发旧的地板镀上一层明媚的光亮，我懒懒地喝茶，吃点心，茶还是那个格雷伯爵茶，巧克力布朗尼的味道也依然香甜纯正，可是，有什么东西没有了，我这样想着，阳光这么好，也许，我应该去看看那个让我心心念念的冰酒店，是如何在阳光下梦幻一般一点点消失的。

北极的星空下

雪天沐浴记

（一）

远远看去，索瑞斯尼瓦冰酒店的那个白色的大帐篷，如同静伏于暗夜中的一座满是皱褶的雪山，深蓝色的灯柱和柔和的黄色灯光交织在一起，照亮了那条冰雪覆盖的小路，让人忍不住走上前去，一探究竟。

那个冰做的大门真像海盗住的城堡，气势威严，只是里面静悄悄的，没有任何动静，我想象中的场景应该是人来人往，笑语喧哗，大家端着用冰蓝色伏特加调成的鸡尾酒，笑语喧哗，手风琴拉出节奏明快的曲子。虽然是疫情期间，我刚住过的小农庄已经是一片盛世太平的景象，连戴口罩的人都没有，晚上来吃饭的人络绎不绝。可这个离农庄不到十分钟路程的五星级冰酒店却是静悄悄的，那种死一般的沉寂。两个月前，这里还是灯火通明的工地，到处是扛着工具的工人，埋头雕刻的艺术家，忙碌中大家还互相开着玩笑。

而此刻，这里就像一个废弃的古战场。

我试着推了一下大门，居然没有锁，我大着胆子走进去，眼前突然一亮——好一座辉煌的水晶宫殿！一条长长的洁白的走

第五章 一个冬天的童话

廊,把我一步步带向前方那个碧蓝的圆拱形的正门,那里,是一张洁白晶莹的太师椅,上面铺着鹿皮,仿佛海盗王随时可以咳嗽一声,从屏风后面缓缓走出,走廊两边全是手持刀剑,赫然而立的海盗,各具情态,人高马大,我一个人东张西望地往前走,如同误入爱丽丝仙境的那个女孩。

仿佛一个蓝色的梦——整座冰宫,如同春天阳光下的海水般清澈蔚蓝,而这蓝色又是层次渐递的,走廊的冰柱是浅浅的淡蓝,那个带十字架的祭祀坛则是深沉的墨蓝,通往各个房间的走道则是温柔的威士忌黄,让人在这零下十几度的冰宫中感到阵阵暖意。

再看那一个个空旷的房间,我忍不住惊叹——晶莹剔透的大床上,铺着厚厚的、暖融融的毛毯,墙壁上刻着细细的花纹,灯光照亮了一个正在专心致志读书的海盗的侧影,纹理清晰,他身披铠甲,一条大辫子垂在脑后,如同一个忠实的守夜神一般从容镇定。客厅里摆着两把冰做的懒人椅,上面铺着厚厚的毛毯,前面便是一个冰壁炉,壁炉里面用灯光做出木柴燃烧的效果。

我在这空旷寂然的冰宫里缓缓走着,耳边突然想起电影《日瓦戈医生》里的主题曲,看这部电影时还太年轻,并没有完全理解作品中所描述的渺小的个人在宏大的时代变革中那漂浮不定的命运,但是电影里冰宫的那个镜头却一直无法忘记,酷似眼前的场景。原著的作者是诗人,他用诗一般的语言讲述了这个怆然的故事。"天快黑了,洒在雪地上的褐色的夕照倏然暗下来,随即消失。柔和的灰色远方弥漫着淡紫的暮色,渐渐化为深紫,笼罩在路边桦木林上的薄雾轻轻抹过粉红的天空,只见苍白的一片,好似突然变薄了。"

上了车,我忍不住打开车窗,探头张望,依依不舍地告别了这个冰雪中的孤独的宫殿,这个在夜色中空旷寂寞的水晶宫,真如同一场风花雪月的梦——阿尔塔的能工巧匠,历经半年,冒着严寒在河里破冰,然后精雕细琢,做成这一个个生动鲜活的雕像。再过两个月,春天就来了,这个美丽的宫殿会在阳光下一点点消失,最后毫无痕迹,仿佛从未出现,一如我们的生命——"那么就请自然地通过这一小段时间满意地结束你的旅行,就像一颗橄榄成熟时掉落一样,感激产生它的自然,谢谢它生于其上的树木。"

我希望自己能如此从容地看待生命,就像阿尔塔人平静淡定地建造这座会消失的宫殿一样。

(二)

在北方冬天的那些日子,总是睡得很深很沉,时间似乎已经失去了意义,中午时分,阳光微弱地挣扎一下就放弃,然后就是漫漫的长夜,如同进入远古时期——这个时候一张舒适的床便格外重要,此刻我就在这么一张床上,柔软而有弹性,雪白的被单散着清爽的香味儿,鸭绒枕刚好把头垫得舒舒服服。

打开窗帘,大雪已经埋了半个窗户,只要开窗就能捧上一把

第五章 一个冬天的童话

雪洗脸,天是铅灰色的,和雪的颜色连接得天衣无缝,沉甸甸的,仿佛可以随时压下来,看看手表,已经是早上十点,算起来,我已经不知不觉睡了十二个小时,在这个陌生的小城——凯于图凯努,多么拗口的名字!这个位于芬兰——挪威边界以北四十公里的村庄,面积2.45平方公里,人口只有1445人,也就是说每平方公里只有590个居民。

我怎么跑到这儿来了?

"你既然已经到了阿尔塔,应该去一下凯于图凯努,坐大巴两个小时就到!"离开阿尔塔前,"脸书"上的一个朋友给我发来短信。

"那里有什么值得看的?"我问。

这位挪威朋友一时语塞。他这么一说,我突然想起我曾经碰到过的萨米姑娘,也曾经说让我到这个地方看看,也是说不清原因。挪威人的不善言辞有时真的让人哭笑不得——去凯于图凯努的大巴就在酒店对面,我看一眼自己简单的行李,沉思片刻,然后提起来向巴士车站走去。人在旅途,多去一个地方总是好的。

索恩酒店(Thon Hotel)是当地唯一的酒店,自然而然成为一切活动的中心,酒店干净、时尚得令我吃惊,我到的时候已经是深夜,餐厅早就已经关门,我向前台提出想吃点东西,没想到几分钟内,那个风度翩翩的值班经理便亲自端着香喷喷的比萨直接送到我的房间。

"听说这个地方是萨米人的居住地,你是萨米人吗?"我问那个年轻的经理。

"是的,我是!"经理一脸的自豪。

"萨米人和挪威人有什么区别呢?"我问,表面上确实看不出有什么不同,这位经理年轻而帅气,一口标准的英语。

他认真地想了一下,回答说:"你知道,萨米人是挪威的少数民族,我估计你听说了很多关于我们懒呀、笨呀之类的说法,但是我认为我们比挪威人更聪明,更国际化,思维也更开阔!"

真是自信满满!

我发现,只要提到萨米人,挪威人的脸上既有一种掩饰不住的嘲弄的神情,虽然他们尽量掩饰,但还是可以看出来对萨米人多少有一些轻视。萨米人是欧洲最大的游牧民族,传统的生计是畜牧、渔猎及贸易,而今天的萨米人已经融入了北欧现代社会。我碰到的两个萨米年轻人,都给我留下极好的印象。来到这个名字拗口的凯于图凯努,我发现萨米人和挪威人对彼此的看法居然如此相似,倒也挺有意思。

我揉着惺忪的睡眼走进餐厅,餐厅宽敞、明亮、色彩跳跃而明快,蓝色的波纹地毯,舒适的橘红色,灰蓝色座椅,一排排落地窗外白雪皑皑,墙上的灯光柔和得如同一双双温柔的眼睛,宽大的敞开式厨房中,一个神情严肃的厨师正在忙着,看到我这唯一的客人,抬起头微笑一下,向我介绍当天的菜肴。

"可不可以给我做个班尼迪克蛋?"我半开玩笑地问,虽然我知道这样的早餐一般只有在五星级酒店才会有人给你做。

第五章　一个冬天的童话

"当然！"厨师痛快地回答，他很年轻，笑起来一口洁白的牙齿，一头黑发，不像是挪威人。

班尼迪克蛋是由吐司、培根、火腿、菠菜、水波溏心蛋加荷兰汁做成，看似简单，但是做成功却不容易，鸡蛋不是太老就是火候不够，我在巴塞罗那曾经去过一个只做班尼迪克蛋的餐厅，在那里吃到了世界上最棒的班尼迪克蛋，现在想起来还流口水。

我在自助餐台上拿了三文鱼，一片奶酪，一杯橙汁，一杯绿茶，然后回到靠窗的座位，偌大的餐厅，只有我一个客人，一个厨师，窗外是连绵不尽的白雪，一个人影都没有，我不禁有一丝落寞。没过一会儿，我的班尼迪克蛋被那个年轻的厨师小心翼翼地端了过来，好漂亮的颜色，而且一看就知道鸡蛋做得不老不嫩。我尝了一口，荷兰汁浓郁的香味伴着鸡蛋本身的清香迅速在口中融化，真没想到，在这个偏僻的小城，会吃到这么正宗的班尼迪克蛋。

年轻的厨师松了口气，说："好久没练了，真怕做不好，疫情期间客人太少，希望你吃得满意！"

我们俩聊了起来，他告诉我他是巴塞罗那人，来这里两年了。我不理解，巴塞罗那是那么有活力而且有丰富的文化底蕴的一个城市，千里迢迢地跑到这么个小城，连电影院都没有，到底是为了什么？

"你知道西班牙失业有多严重？在这里，我起码有份工作，而且同事也很友好，已经很满意了！"厨师说着，又连忙回到他的工作台,即使只有一个客人,他也得在工作的状态中。

不知什么时候,我身后的座位上来了一个挪威姑娘,穿着合体的毛衣和裙子,及膝长靴,一头金色长发,很文静的样子,正一脸严肃地吃着早餐,偶尔抬头看一眼窗外。我有点开心,终于有人说话了,我发现旅行久了,脸皮自然变厚,有时甚至忘了对方也许不希望被打扰。

姑娘彬彬有礼地告诉我,她是从特罗姆瑟来的眼镜公司代表,到这个地方就是帮助当地人测视力,每两个月一次,在超市摆个摊位,测好后过两个月把眼镜带回来,然后再接受一批新的订单。她让我想起在阿尔塔碰到的那位脑科女医生,原来挪威这个地广人稀的地方是这样运作的,听上去实在有点原始,多么简单的一件事,在当地培训一个人就完了,省时省力,售后工作网上就应该可以搞定,测个视力,还这么兴师动众地坐飞机从特罗姆瑟来?

姑娘不想再多说什么,看得出她希望一个人安静地享受这份早餐和宁静,和所有挪威人一样,享受孤独是他们最大的乐趣。

"在这样的天气,请问智慧的萨米人都在做什么?"早餐后,我在前台又碰见了昨天晚上那个风度翩翩的年轻经理。

他的脸上掠过一丝温和的笑意,马上明白了我的意思,我实在是太无聊了,在这个空空荡荡的酒店订了两个晚上,大把时间没有地方打发。

"你喜不喜欢露天按摩浴缸?旁边就是桑拿室,我们地下一

第五章 一个冬天的童话

层就有,你要是有兴趣就请跟我来,我们现在就给桑拿预热,半小时后你就可以享受了!"

我又惊又喜,露天按摩浴缸我还真没见过,我迫不及待地跟着经理走下楼梯。地下一层有一个很大的更衣室,经理推开一道厚重的玻璃门,一阵狂风夹着雪花迎面扑来。他把我带到一个圆形的浴缸前,然后"哗"的一下推开巨大的黑色塑料盖,一个冒着滚热气泡的按摩浴缸就神奇地出现在这冰天雪地里了!

"桑拿间需要走十几米,就在那边!"经理在前面带路,真是滴水成冰的天气,我踩着厚厚的积雪哆哆嗦嗦地跟着他走,很快,一个精致的桑拿木屋就出现在眼前,里面散发出木头的清香,有点冷,但是设备一应俱全,桑拿炉,长椅,水舀子。

"我真的可以独享这一切?"我简直不相信自己的好运气。

"当然,你不怕冷就行,从按摩浴缸到桑拿你得穿着游泳衣走过来,不怕感冒?"经理好脾气地微笑着。

"嘿,这算啥?你赶紧把设备都打开,我半小时就下来!"我兴奋地催促着他。

因为突然有了事做,半个小时过得飞快,我穿了一身黑色的比基尼,披了一条白色大浴巾,飞快地从更衣室冲向桑拿室,桑拿室已经是热气腾腾,炉子里的石头烧得滚热,我把毛巾铺在长椅上,面向那个半月形的窗户坐好。窗外是连绵不尽的白雪,风很大,可以看见树枝在风中被吹得颤颤巍巍,而我却在这个暖融融的桑拿室里被烤得满身大汗,酣畅淋漓。

我拿着水舀子和木桶,推开桑拿室的门,门外就是一尺多高的雪堆,我赤足走出,把雪铲进木桶,深深地呼吸着那清新如甘露的空气,我只穿着比基尼,刚刚被烤过的身体是热的,而空气是冷的,这一冷一热又是如此新鲜刺激,回到桑拿室,我把一勺白雪舀进炉子,只听"哗"的一声,一片白雾冒了出来,我刚刚被冻得发抖的身体迅速暖了过来。

现在我要去征服那个冒着热气的露天按摩浴缸了!这十几米的路穿着比基尼跑过去确实让人肝儿颤,虽然我带了大毛衣,但是浴缸很高,需要踩着台阶爬进去,即使是穿着毛衣也要在跳进浴缸前的几秒钟内迅速脱下来,扔在雪地上。我莫名其妙地兴奋起来,计算着每一分钟的动作,去他的,就这么跑过去好了!

几分钟后,我已经舒舒服服地躺在那个巨大的冒着热气的露天按摩浴缸里了。雪花纷纷扬扬地飘在我的脸上,打湿了我的头发,我的脸冻得几乎发麻,而身体却在享受按摩浴缸的一股股热流。放眼看去,一片北国的银白,天色渐渐暗淡,一片深蓝色的幕布缓缓从天而降,远处的铲雪机一闪一闪地发出令人欣慰的光亮,这,大概就是天堂了吧?